那貓那人那城

朱天心——著

KT——攝影

目次

人族

共生的時空

（推薦序）

狗人・貓人

柯靜雯

年紀很小的時候，三、四歲左右，去奶奶家被迎面撲上來的家犬咬破膝蓋後，我從此成了懼狗人直到四十歲。四十歲那年同居人（我現在的先生）有機會收養兩隻街頭幼犬，問我意見，我這人向來為愛勇敢，和朱天心諸多貓友伴中的一族「只要愛情不要麵包」的甜橘牠們同一國，於是當下僅考慮半秒吧，便爽快回應我沒問題。

真的沒問題嗎？問題得遇上了才知道是不是個問題。

問題可多了，屎尿、跳蚤以及一隻隻吸飽血比黃豆還大扒滿牠們全身的壁虱，四十年老資格懼狗人的我打從領牠倆進門那刻起瞳孔難得縮小過。然則我原本最大的疑慮，懼和怕，卻也在如同養小孩一樣每日夜把屎把尿的親狎中被沖淡了，或說，自然消失於無形。隨著牠們長大，我也從懼狗人行列領證畢業，雖說現今對於不熟悉的狗親近時仍有些疑慮，遇到狗哪怕是自家天天地上一起打滾再熟不過的那隻，突如其來無預警的一聲吠、或不明所以不太爽快的喉頭低吼聲，我難免還是心頭一怵，但已經好太多了，好到，二〇一六年春天，在共同友人張萬康家中第一次見到天心，她見我似乎不怕和張家出了名脾氣不太好的狗哈嚕互動，禮貌問我應該是狗人？朱天心的讀者們絕不陌生的「相對於照護浪犬的狗人多數陽光、合群、活潑開朗，照顧浪貓的貓人貓性，個個孤僻，獨來獨往……」當下我有點不好意思，只因也不過幾年前，我還是個十足十的懼狗人呢。

卻教我想起，好多年以前，我也曾被認為是狗人，不是貓人，只是意思不盡相同。

那是二十幾近三十年前，某日我回高中母校找相差僅十歲的一位昔日老師聊天，其實更多是排解大學生活的種種不同於想像的鬱結壘塊。學生皆稱其華老師其實更像我們的學姊，她確也曾是我們的學姊，我在學校那時她甫自大學畢業不久，回校接任行政工作，同時接了一個不討好且十分吃力的活兒——宿舍舍監，我和她相熟就是起始於宿舍生活。回學校那日是假日，校園沒學生，除了守門房以及照養校園花木的幾位工友伯伯，大概就是住在宿舍裡的華老師，和她的狗小胖。小胖是隻黑白花中小型犬，忘了華老師哪兒收養來的，惟記得是我畢業以後才出現在華老師的腳邊。我雖怕狗，但像小胖這類穩定、莊重自持的狗，又有主人在一旁，我倒可以和牠們共處一室，甚至可以壯起膽來輕喚牠們的名字以示親愛（製造一點自己也是可以親近動物的假象）。我們師生倆閒聊時，小胖始終靜靜趴伏在書桌下一隅假寐，我想到便喊小胖兩聲，小胖總聞聲抬頭抬眼，啥事都沒有只除了我衝牠一臉傻笑，牠沒有情緒搭拉下眼皮趴回原位原姿勢接續剛剛被我打斷的白日夢。幾次之後華老師跟我說，狗也需要獨處靜默，像我這樣沒事瞎鬧騰狗兒，往往容易養出情緒不穩定的狗。是這樣呀，莫怪都說甚麼人養什麼鳥，華老師是個日日晨起練太極的人，私下雖也有縱懷朗聲大笑的時候，但更多時候，她無論行立坐臥、處事待人，都像走太極行步，也像站樁，一派鬆墜沉卻意念守中。於是我和華老師聊起我在大學校園意外瞥見的貓事。

我不光和華老師是高中學姊妹，還是同一所大學的校友。我在學中的大學校園已和華老師念書當年的校園校景不盡相同，唯老舊的化學系館倒是數十年不變。我偏愛化學系館舊到簡直簡陋、像極了我書中讀到民國初年的學校才有的氣味，是以日日在人煙罕至乃至有點仙氣縹緲的化學系館圖書室占據一張桌子，那是我沒課的空檔偏安一隅的小旮旯。化學系館建築在坡面上，由圖書室旁的出入口進出，以為是一樓，實則是整個建築群的三樓。走進系館，照面而來的是中庭，一個已難辨造景釜痕、很像落魄大院的雜蕪中庭。我往往圖書室坐膩了便閒步到臨中庭的廊邊發呆。一日，呆滯發直的眼被中庭裡忽隱忽現的黑影拉回現實。定睛看清了，是一隻貓。腦海中已搜尋不出那隻貓具體的影像，連花色都想不起來，只因我太專注於牠企圖從中庭東邊過渡到西邊的整個過程，那謹慎、極具耐性靜定等候絕佳安全時機，每跨出一步都是謀定後動的不遲疑卻也不魯莽，剎那間風馳電掣的瞬間移位，一到下一個定點馬上隱蔽於某個陰影之下，看來都是在上一個位置時早已探查好的深謀遠慮。直至多年後我已步入中年觀看電影《聶隱娘》，才在大螢屏前恍然憶起，啊原來是牠（她）。

那恐怕是我平生第一回這麼近卻也這麼遠靜靜看一隻貓這麼久。

我同華老師說，貓實在有意思極了，太不可知不可測，不張揚不存心勾引你、引你注意，最好都不要有人發現牠的行蹤，卻實實在在深邃迷人得讓你不由得隨牠移動目光。我欣賞貓。不像狗，老傻乎乎的，若是一隻狗要由中庭東走到中庭西，肯定就是安步當車大步橫越，中途還不忘抖擻兩下、伸個懶腰拉拉筋……。我說這些的同時，小胖在不遠的陰涼水洗石子地板上一副老僧入定閉目養神。

華老師非常熟悉我的傻話癡話夢話，記憶中，她幾次笑到前仰後俯完全沒個練功人的樣子，都是被我的犯傻激得。那日，她聽完我連一片天光雲影都不願遺漏地描述我如何遇見一隻貓，以及，如何嚮往效法一隻貓的優雅不張狂，她沒先急著笑話我，而是望著我然後幽幽說：「你不覺得你根本就是一隻狗嗎？」

噫，可不是嘛。霎時我倆同時迸發出驚天的大笑聲，把小胖都笑醒了。半點沒個練功人的樣子（我當時也隨華老師練太極）。

原來天心的直覺是對的，我是狗人。

當朱天心的讀者多年，從十二歲偶然間讀到第一本書始，轉眼流光三十幾年，沒特別意識到從哪一本書開始，一隻隻有名、有樣子、有脾性甚至有德性的貓開始出現在她的文章中，好幾隻文章裡見熟了，恍惚以為自己真的識得牠們，也算真是認識牠們不是嗎？不光是牠們，還有牠們盤踞野遊的山頭，天氣好時曬太陽打呼嚕的花台，有氣度的男子漢貓葛格為了守護眾貓進食安全站得高高好把風的牆垣，這些我不曾親訪、親眼見過的場景，我熟悉得都可以臨摹出一幅幅速寫（可惜我不擅繪圖）。更不光是眾貓們的身影以及牠們間蹀狩獵討生活的現場，身為讀者，比起身影場域氣味更強烈的，怕是天心和貓志工們一次次的幾乎撕裂心肺卻又得繼續勇敢的堅強吧。我只是透過文字閱讀，已是無數次的心頭一緊，鼻酸紅了眼，那些月黑風高裡獨行俠似的風雨護貓人，須得有一顆多強悍又多柔軟的心啊。

此次集結成書的諸多篇章中，幾度出現天心和天文陪伴或目睹貓咪故去時放聲大哭，她自嘲哭得好似最煽情的電視劇，她恐怕不知，有讀者如我是讀著讀著便咬著下唇默默掉淚不好哭出聲怕驚擾了身旁不知情的人。深信這樣的讀者我不是唯一。

曾讀過顧玉玲在某次工殤紀念活動後的書寫，「好多好多細節她們都記得，那撞擊的傷口這樣鮮明像還流著血，但日子要過，沒有時間太專注悲傷，痛到底也還能活下來。那些記憶從不曾遠離，一點就開，往事歷歷，……一次又一次，當工殤家屬誠心致謝，我想我終於理解，那感謝的真正意涵是：謝謝還有人記得他。」多麼相似的心情啊。《那貓那人那城》裡的每隻貓，每個獨來獨往孤僻成性的貓人，已故去不知所蹤的、倖存的，少數曾有過幸福的，朱天心都幫你們記下了，透過文字透過不止一本的書，這一切不單是真的，而且不曾遠去。

寫於二〇一九年十二月三十一日

（本文作者為前劇場工作者）

（自序）

我的街貓朋友——志工們

自從〇三年我陸續寫貓文出貓書以來，不時被不熟的人問（因舊識不會問這種問題）：「什麼時候開始關心開始做流浪動物保護議題的？」

我想都不用想的回答：「上個世紀。」更精確的說，從我出生始，真的，童年照片裡，沒有一張媽媽懷抱我們的留影，都是媽媽抱著貓或狗，一旁髒兮兮的蹲著坐著也摟著貓狗的三歲五歲我們姊妹。

那些貓狗，是早我們先來的家庭成員貓大哥狗大姊，牠們在世間浪蕩討生活，路過我們家，留下來了，與我們好像。（我們不也是從哪個烏何有之鄉來此世間浪蕩，被父母收留？）

其實，在這地球、在這島、這城市，這與昌里，像我們如此長年默默在做的並不少（雖然永遠嫌太少），真的是默默，因為我認識在做流浪狗的志工友人，總能輕易就號召組織，做事之餘也常聯誼聚聊，有淚水，但都很陽光。貓志工們就大不同，總獨來獨往，月黑風高才出沒（怕被嫌惡動物的鄰居阻攔恐嚇羞辱固是原因，憂懼街貓因吃著一日的唯一一餐而行蹤暴露於風險中才更是主因），因此要找到他她們，並聯繫、合作（TNR，街貓捕捉絕育回置），比馴化一隻貓科動物更難（誰見過一隻馴化的貓科動物？無論大小，別老舉那頭哈洛德百貨公司買的小獅子克利斯青當例子）。

所以，儘管我們與昌里〇七年就已加入台北市政府動檢所（現為動保處）的「街貓TNR計畫」（二〇一八年已進展到有二〇六個里，也就是四分之一個台北市在做），但我們從不奢望尋找或依賴其他在默默餵食照養街貓的志工們。

（不少人稱這些志工們為「愛媽」，愛心媽媽的簡稱，其實愛媽有很多不只是幹練的上班族單身女孩和退休的家庭主婦媽媽，還不少是大學研究所男生、上班族、退休老爹……）

但有趣的是，我們是先認識食物才認得人的，所以很一段時間，對那些神祕未現身的志工們我們是以食物為名的，餵食的車底，偶爾去晚了十分鐘，便見有吃剩的餅乾渣（貓則一旁洗臉舔掌），「偉嘉的」、「皇家的」、「拌白金罐的」、「周末餵貓人」、「貓大王」（與我們家定期叫貨的「貓大王」店同款餅乾），於是便會有這樣的對話：「那個偉嘉的瘋了，六灰灰胖成這樣還開白金罐，他小孩一定和六灰灰一樣胖。」「周末餵貓人大概出國了，好久沒見她餅乾。」

那些餅乾，不同廠牌、不同造型，在黑夜的車底如深林小徑的仙子指路的寶石閃閃發光，也如神祕的密碼放著信息，那些人，那些街貓們的人族朋友，成了孤僻成性的我在人生走了一半時竟然最想認識的人。

一年後，因為沒有停過的社區街貓危機（如出一轍的總是一二名偏執憎惡動物的居民促成住委會做出凌駕違逆北市動保政策法令的決議，擅自捕捉已ＴＮＲ的街貓野放或不知下落），我們成了緊密的戰友：「林茵大道」的高寶猜全家及乖子徐多、「愛眉山莊」的高麗英和美麗強悍的香港女孩林翠珊、「南方藝術宮殿」酷酷的丁國雲……，我們互相在對方出國或有應酬的夜晚接手彼此轄區的貓、互通訊息（街貓通常有固定的領域，但有時也會不明原因越區或失蹤）、彼此打氣支撐（街貓常有的不測、消逝、車禍的慘狀、病痛的折磨）、難以對別人掉的淚水幸虧有彼此，哭一場，並共同深深記憶。牠們，儘管匆匆但確實來世一場，我看見，我記得，多麼孤單，孤單到會動搖、會懷疑那些記憶是真的假的（一隻隻不會說話的貓、在那寬闊無際的滔滔時間大河角落信賴凝望著你的身影），於是我深感慶幸我們有彼此，翠珊記得那兩隻來不及長大車禍的橘白小公貓，國雲的三花奶奶，寶猜記得大黑公、記得白爸爸、記得大橘橘、發發、雙雙、小肥黃……，並一起在電話中為之啼泣。

那麼，一切都是真的了。

貓族

① 成年後的「白嘴巴」與「灰白白」。
②「白嘴巴」與另外兩隻已絕育的母貓。
③「五十六」被誘捕後送至動物醫院所拍的記錄照，可以清楚看到玳瑁貓的特徵，大部分的黑與少部分的黃相互交雜。
④、⑤「六月」和「五月」，是「五十六」其後生產的小貓。

1

五十六號貓巷

司馬大宅

照片中這兩隻盯著拍攝人族的小貓，和很多街貓一樣，出生時辰不詳，牠們如同這城市最強悍堅忍的雀榕，一陣風、某隻鳥的經過，種子一樣的飄落，兀自生長（兀自的意思是，有時貓媽媽只是暫時離開覓食、有時是一去不回被車撞死或人族的各種傷害包括自以為好心的抓送去「動物之家」，不知「動物之家」並不如其名是個衣食無憂可以終老的快樂農場，通常無人認養七至十天便處死）。

這兩隻小貓飄落在我同里的近鄰別墅區的司馬中原的大宅院中。司馬先生愛好天然，像飼鳥一樣餵食路過他庭院的街貓，很快的，牠們生養至十數隻。〇六年夏天，四隻母貓同時生產，貓科通常一胎四隻，這十六隻奶貓未睜眼就同時得了貓瘟，一星期內陸續全數死在司馬家後院。司馬先生心臟再強也受不了，求助於我們。

那年夏天的颱風天前，我們和KT & 葉子這對動保圈的傳奇神鵰俠侶花了幾個晚上捕捉到貓咪們（Trap），帶去動物醫院結紮（Neuter），公貓以剪左耳尖、母貓右耳尖為記，再放回原處（Return），即所謂的TNR，是國外進步城市對待流浪街貓最有效也最文明人道的方式。

當然永遠會有漏網之魚（生命自會找尋出路），總有那機警謹慎從不露行蹤的母貓，哪怕方圓一公里的公貓們都被我們結紮盡，她仍可時候到了大肚子，我們的吳醫生說：「她們好像會無性生殖耶。」

灰白白

這兩隻漏網小貓，左邊的叫灰白白，右邊叫白嘴巴，都曾在離開司馬家庭院、尋找並捍衛自己的領域地盤時短暫當過一陣子貓老大。先說灰白白，灰白白的地盤在離司馬家不遠的別墅區邊緣的某三四戶人家後院雨棚牆頭，牠在我們還未發現已長成該結紮時就一連討了兩房老婆——時間軸倒轉，或該說，我們是因發現牠兩房老婆的生養，從小貓花色長相才驚覺「哎呀灰白白當爸爸了！」

灰白白的兩房老婆是漏網的姊妹倆，膽小無影到要不是密集的生產，我們根本不知她們的存在。

姊妹倆是黑玳瑁，黑夜裡看就是隻黑貓，有光之所在呈現的是炭黑中隱隱的黃或橘，似琥珀似掐金絲工藝，但連愛貓人也通常覺得她們很醜或被橫生閃電的斑紋給破相了，所以認養率超低，難怪有一陣子KT「台灣認養地圖」的網頁會跑馬燈一樣老跑著一圈字句：「黑玳瑁是好貓、黑玳瑁是好貓……」洗腦作用。

確實，我曾有機會與不只一隻黑玳瑁共處過，她們一律是母貓，都安靜甜美聰明得不得了，總讓我想起葛林《人性的因素》裡男主角娶的那名南非黑膚女子。

震震

黑玳瑁之一於去年五月十二日那天在隔巷五十六號鄰居的鞋箱剛產下第一隻，一小團模糊血肉嚇壞了正要穿鞋出門的租房女生，天文應房東求助趕去，邊肩夾手機聽吳醫生指導邊幫小貓處理臍帶、清理胎衣血汙——就是這小貓、長得與灰白白一模一樣（孩子真不能偷生哪），那日下午發生川震，便取名叫「震震」，震震三個月後被一竹科工程師認養，幸福快樂（你看，竹科工程師並非都是偷拍內褲狂或虐貓人）。

至於震震媽，以產房門號五十六得名，就叫五十六，五十六忍耐一天之後，又回同樣地點生完三隻小貓，我們猜，這地點是五十六打探了一兩個月認定再理想不過的產房，我們等她產完，便誘捕到她（恕我不打算描述誘捕的方式過程及細節，因擔心讀文章的不見得個個是愛動物人或正常人），連她帶四小貓到「認養地圖」辦公室葉子特別布置的專區坐月子，直至幼貓可斷奶獨立，便將五十六結紮放回她原地盤，小貓們全數存活，健康可愛順利被認養（咦，包括一隻復刻媽媽的小黑玳瑁）。

陳玳瑁

稍晚於五十六幾天，別墅邊間陳家前來抱怨他們家後院原是車庫的倉庫有小貓哭聲，我們立即前往（若不，通常鄰居的反應是：那就塑膠袋裝一裝晚上丟垃圾車囉），這也才發現還有一隻黑玳瑁媽媽，這玳瑁以房東姓，我們叫她陳玳瑁，陳玳瑁棘手許多，因她將小貓們東個西個藏得很好，只聞其聲，我們只好說服房主陳媽媽，讓我們持續穩定的餵食，等牠們大些熟些再抓去TNR或認養。

那個夏天颱風特多，每晚我和天文去餵陳玳瑁一家都不管穿戴雨具仍渾身濕透，貓沒被感動房主卻被我們打動，不再催促不再抱怨，還交了一把大門鑰匙給我們，偶爾也會向我們通報他們白天隔窗看到的小貓隻數、花色。也就是在這兩個月，我們發現灰白白也住在這車庫，牠每每遠遠觀察我們，等我們放完貓食、換乾淨飲水、清理、離開，陳玳瑁母子從四面八方跳下用餐（有一隻最膽小的，永遠不下來，倒懸個小三角尖臉偷看我們、蝙蝠俠一樣），總等母子吃完灰白白才最後一個吃，是隻一點都不父權的好爸爸好老公。

暑假結束（這回拖得有些久，因為我們每每不忍打擾牠們這美好的天倫圖，總互望一眼：「還是下星期吧」），灰白白和陳玳瑁抓去結紮放回，小貓們經葉子神奇調教都親人都被認養。灰白白自在了半年（不須為求偶搏命打鬥），農曆年的鞭炮聲中再不見了。

白嘴巴

除了日常的艱險（大多數來自人族的惡意或無知），我們最替牠們擔心的兩種劫難，一是超級強颱，二是農曆年的鞭炮陣，每在那來臨的前夕，我總忍不住對眼前靜靜用餐的貓咪們叮囑：「保重啊，好好活，我們明天見。」因為通常總有幾隻膽小驚恐或運氣不佳的貓咪再也不見。

至於照片右邊灰白白的兄弟白嘴巴呢？白嘴巴跑得遠多了，牠橫越兩大塊新舊社區，到山坡的電梯公寓住宅區當貓老大，嚇壞了一群和平相處被我們結紮的單身漢俱樂部，俱樂部成員中一隻因幼時被其母丟窩而天天大聲哭喊以得名的「烏鴉鴉」最敏感，總是好好的突然望空一嗅，半秒內爬上最近的一株樹上做無尾熊狀，我們無奈歎氣：「白嘴巴來了。」

數分鐘後，白嘴巴果然遠遠那頭緩步前來，白嘴巴個頭不大，街貓再年輕健康也不致皮毛豐美壯碩，我們完全看不出白嘴巴有何雄壯威武到單身漢們聞風喪膽，聞風，是了，大概是尚未結紮的男子漢氣味吧，所以為了公平故，我們還是決定抓白嘴巴去結紮。

橘 gay gay

放回後的白嘴巴，曾不見蹤影一段時日，這正常，因牠得重新估量這地盤的安全性。春天過了，我們家不遠的車底下新出現一對成年黃貓（我們通常在車底餵食，防雨、防狗），兩隻貓要好到不行，同進同出同食，從未有任何爭食張力，我們用手電筒觀察，橘白貓竟然是白嘴巴！牠變得好乾淨，好斯文，一點都不man，那、那隻黃貓呢？竟是一隻沒結紮過的橘虎斑公貓，我們很為白嘴巴有個好友高興，但也奇怪這隻公貓怎從不遠遊（哪怕是遙遠風中一絲絲母貓的發情訊息），因此給始終未命名的大橘貓取名「橘 gay gay」。

最終，還是把橘 gay gay 抓去結紮，手術和術後住院的那五天，白嘴巴也不畏我們家犬五隻貓十七隻的跑到我們家門前聲聲呼喚，那內容任誰都聽得懂：「我的橘 gay gay 呢？」因為屋裡每一個不忍的人族開門出去對牠說的話都相同：「再五天（或後天、明天）就回來啦，放心。」

如今，白嘴巴和橘 gay gay 仍是雙人芭蕾舞姿迎人，是我最覺愉快的一個餵食點，偶爾冬日出太陽的日子，我會看到牠們二隻緊偎一起沉睡在人家的陽台、洗衣機或牆柱上，最美麗的風景。

人族的見證

何以要在人的故事、受損傷受侮辱的人的故事都來不及說的時候，這樣鉅細靡遺的寫街貓的故事，甚至為牠們畫家族樹呢？……我想，可能是極簡單的一個心情：我不願意、我不相信，牠們的來此世此城一場，是無意義、如草芥如垃圾的（他們眾口一致告訴我：不然就塑膠袋裝裝丟垃圾車，他們說的是一窩窩你在動物紀錄片中會讓人驚歎「好可愛唷！」才要睜眼看世界的奶貓）、是老天的無聊惡戲……，我要以筆見證，我目睹過牠們，認真的在這人族占盡資源的城市艱難生存的模樣，牠們或精采或平凡，或逍遙或百無聊賴，或潦倒落魄，我都看到了，跟我們人族一樣，沒有一隻是可被取代、該被抹銷的。

我很幸運，在有各式各樣精采的人族朋友之外，還有同樣不少更值一說的街貓朋友，儘管城市生活使得牠們通常生命極短暫，前一晚牠還跟著我腳畔送到下一個餵食點，第二天就聽清晨掃街的清潔隊員說牠被車撞死了。我的心臟，因此變得比旁人堅硬剛強，也比誰的都易碎。

但，這已無法選擇。〇八年三月，我曾應誠品《好讀》約稿寫動物文章，我自訂題目叫〈貓吾貓以及（無）人之貓〉，文末，我白紙黑字立誓過，只要街頭還有一隻流浪貓，我就絕不再寫一字家中快樂幸福的貓故事（儘管牠們沒有一隻不是這裡那裡撿回來的）。我這並不算食言吧，因為我想一則一則寫一本我的街貓朋友的故事，這也許是年輕的好友KT做了幾年的以攝影記錄下牠們存在一場的相同心情吧？

天文會接續寫另一本街貓故事，但她已鄭重告訴我，她絕不寫病痛傷逝，她要每一個生到她國裡的眾生，都要從七寶池的蓮花裡出生，蓮花大如車輪，微妙香潔……，其實，她早已說到做到。

通常街貓死去，皆被路人或清潔隊員丟垃圾車，天文總在聞訊的第一時間，接回牠，清理牠（我猜），擺平牠的拗折（我猜），重新擺好乖貓咪沉睡的模樣（我猜），用平日收妥的包裝紙緞帶，裝成最美麗的禮物。我猜，是因為整個過程通常我都逃得遠遠的。盟盟說：「我主人的副業是納棺師。」而後送至動物醫院，花費千元不等，動物醫院會再送動檢所火化。

天文一直以這種方式證明，牠們不是垃圾，牠們都是跟我們一樣認真過活的、生命。

二〇一〇年一月

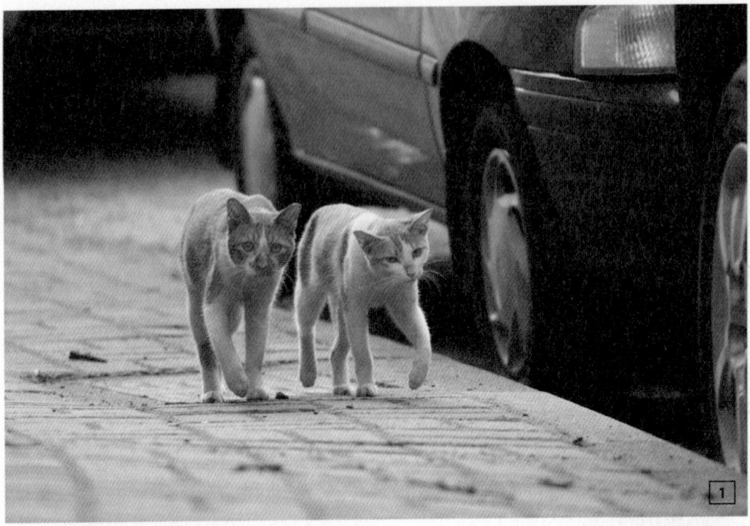

① 葛格（左）甜橘（右），二〇〇八年八月二十一日下午新房子旁。
② 嘴白鼻子有點黑黑的是甜橘。
③ 站在水溝蓋邊上，鼻嘴有橘色虎斑的是葛格（男生）。
④ 捷運辛亥站旁的老磚瓦屋曾是貓樂園。
⑤ 二〇〇九年四月二十一日中午，甜橘住院。

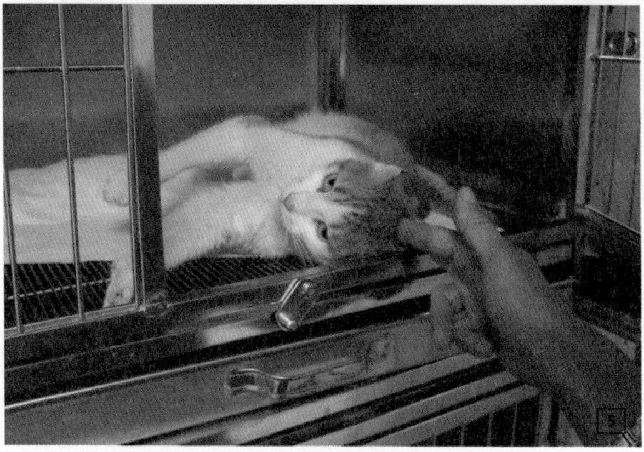

新房子貓群

貓志工

照片中龍行虎步的這對街貓兄妹，左邊的叫葛格，右邊的叫甜橘，是三年前夏天在一條新路發現的。

先說「新路」，在長期照護街貓的志工中，是個別有意義的詞，例如，大約也三年前，我行經木柵捷運辛亥站出來右轉的一列屋頂與路面等高的老房子（那曾是大學時我和唐諾幾個男生常打撞球的地方，現已改建成大廈住宅的「環遊市」），那裡例行的有幾隻街貓在曬太陽，並不太飢寒潦倒，應是有人在照護的，但我仍忍不住拿出隨身必帶的貓罐罐開了請牠們下午茶，牠們聞香謹慎的前來，邊吃邊打量我。

等牠們吃乾淨了我才離開，走不遠回首再看牠們一眼，卻見遠處有一男子走近貓咪們，隨身袋裡掏摸著，我緊盯他，擔心又是虐貓人，果然那男子掏出東西擲向貓咪們，我連忙奔去打算罵人——畫面卻很詭異，貓咪群起迎向他。

到了跟前，才發現貓咪們正香香的吃著男人所擲的雞肝、雞胸肉等，原是貓黨同志。

同志姓許，已退休十年，正好餵街貓十年把退休金用光光（他說以後得靠事業有成的子女們的孝敬金了），這十年的生活是，每早跑三個傳統市場，將雞販老闆為他收集並便宜賣他的雞雜收回家，整個中午大鍋烹煮晾涼，下午出門餵，他的路線是：從辛亥捷運站一路餵到興隆公園當時的馬市長家樓下。

這並非我聽過最長的餵貓路，截至目前我知道最長的是新店花園新城的林素蘭，她每晚十一點從社區貓餵起、一路餵到南門市場，四點回家，不含偶爾被仇貓的居民糾眾要打她或叫了警察以「破壞環境衛生現行犯」

拘捕她。

「好怕走新路。」許先生一語道破我們的心情，好怕走新路，好怕因此發現到新的受苦的街貓或失恃的小奶貓，好怕那牽掛長成無限綿延沒有窮盡的路的網今生掙脫無望。

我們在說話的同時，老房子那頭怪手正轟轟然的在拆屋，許先生世故的安慰我：「就當我們遇到九二一吧，活不活得下來看牠們造化。」

我們互留了聯絡方式以便日後有個奧援支撐，許先生說起他的下一個餵食點，一隻車禍三腳貓，是他風雨無阻的動力，他說著，流下淚來，掏不出手帕，只得掩面，呀……，也是個自以為心已經修補好了的人。

貓天敵

三年前的夏天，就在我們例行餵完一圈街貓，並為「一個都沒少、一個都結紮」而備感輕鬆愉快時，我尋香為看是誰家盛開的曇花而誤入了平日不走的巷弄「新路」，街燈下，一時數不清大大小小的貓群正在吃某鄰人剛倒的廚餘。其中最鮮明的是四隻小黃貓，我們後來依牠們長相個性行止取名為葛格、甜橘、車底黃（膽小從不出來）、亂跑黃（滿村亂跑、找不到自己地盤、結紮後放回、半年後不知所終）。

我們立即開始介入，從餵食起，因街貓最常被人抱怨的髒亂其實源自好心人不當的餵食（廚餘），殊不知人不吃的大多貓也無法吃，如蝦蟹殼、雞骨豬骨、蛋殼、葉菜果皮果核，更別說還有汽水罐、菸蒂、衛生紙……（這，怎麼會是街貓製造的髒亂？）

其二是該地點在別墅區邊緣。這些年與各種人族的溝通經驗，他們是人族中最難溝通的，他們動輒說出「物競天擇、適者生存，小姐，牠們本來就是該被淘汰的。」在他們腦中，弱勢的人哪怕也是吧。

別墅居民那陣子夜夜守著我們餵貓時間堵人罵人，不聽我們說明：「我們餵貓糧後環境不是乾淨多了？」「我們持續餵食是為要抓牠們去結紮，這樣數量才得控制，是取代撲殺進步人道的做法。」……

他們一句也不願聽，祭出最後通牒：「反正這是我們的院子圍牆，我不許牠們在圍牆在我們眼裡，你們再不帶走，我們只好下毒、要不抓了丟山裡橋下。」

我們只好背誦動保法：「依動保法，惡意或無故騷擾、虐待或傷害動物，罰鍰一萬五～七萬五。致傷重或死亡者，一年以下有期徒刑。」人的溝通必須訴諸法律還真是沒意思。

是他們說到做到嗎？短短數日，兩隻貓不見了，我們只得想辦法以餵食把牠們誘到稍遠的三岔路口的三社區不管的公共人行道旁，快吃快解散。那地點最鄰近的社區才剛建好，我們便叫那個餵食點為新房子（以別於其他七八個點）。

新房子最盛時包括甜橘四兄妹有十隻貓，目睹過盛況的包括也喜歡動物、隨我們走過一趟餵貓路的中翻英譯者小白（小白 Michael Berry，任教聖塔巴巴拉加大，譯過大春《野孩子》，正在譯舞鶴《餘生》）。

十隻貓在三年前的夏天一口氣被我和天文抓去絕育。抓貓時，不得擦抹任何防蚊精油（貓對刺激尤其芸香科植物精油強烈敏感），黑裡，你得把自己站到和電線桿或路樹一樣的已成背景的一部分，不致讓機警的貓生疑，一個晚上下來，兩人小腿手膀皆成紅豆冰。

通常天文負責操作貓籠和隨臨場調整，我則像拍片現場的劇務守路口，建議路人改道或稍待並解說TNR的意義。

好捉的貓，一晚就抓到，難抓的，多則七晚，十隻貓抓完，恰恰整個暑假就結束了。

甜橘

很快的，我們便發覺甜橘又是一隻只要愛情不要麵包的貓，每一貓聚落中，總有那麼一二隻，餵食時，牠總不像其他貓急急吃這一天中唯一的一餐，牠靜靜仰臉看你，甚至趁亂前來偷偷蹭你腳，而後一路尾隨你直至快出牠的領域了，路燈下，癡癡的一尊貓剪影。

對此，我有小虛榮，卻也理智的並不希望這樣，因為並非牠碰到的每個人族都是友善的，愛上人族或對人失掉警覺，通常會為牠招來危險。

甜橘就是每每躡我腳蹤至不能再跟的一〇一巷與九十三巷的三岔路口（那裡撞死過不只一隻貓、狗），我慣例的留一匙貓罐給牠，讓牠就此打住別跟腳了。一回，我對天文不免驕傲的說：「我覺得我若是隻貓一定是個迷人的T，因為那些甜橘們都愛我到不行。」

天文冷冷回說：「那是因為你的伙食太好啦。」

確實。原先，我們只是十分有意的堅持外頭的街貓務必與屋內的貓們吃一模一樣的伙食，一為了萬一貓糧有任何問題我們才會當下知道，二是「貓吾貓以及人之貓」的一個小小實踐吧。

但很快的便發展成，街貓吃的比家貓好，因為覺得家貓通常可以幸福安全的終老，但街貓，你時時神經質這會不會是牠的最後一餐？總叫人要把握時機給牠們吃最好的，所以確實屋內的貓有時下午茶時間一人一口分食一個貓罐，但街貓們一個點就分一罐。

葛格

新房子餵食點的貓雖多卻不亂，這往往與帶頭的貓老大作風大有關係，儘管貓們都全結紮，但依資歷、體型仍有層級感，新房子帶頭的便是照片中的葛格，葛格每次都像個斥候，一聞我們腳蹤便發吃飯號的叫聲，群貓掩至，牠自己一點也不急著吃，一旁覓個制高點把貓群和我們人族一一看在眼裡，我總衷心的誇牠一聲：「好棒的葛格。」

葛格去年農曆年後不見，我傷心透頂，幾至無力氣去面對新房子貓群，但一星期後，葛格在不遠隔巷一棟專租學生的屋前車底出現對我們喵聲招呼，牠看來健康安好（並非受困於車庫或某深牆的人族家院），果如我心底微渺的期望是被某貓奴收去屋裡了。葛格特此在我們平日餵貓時間出來並知會我們一聲，不至叫我想斷肝腸。

通常每天穩定出現的街貓若突然不見，只有幾種可能，一是遭不測（車禍、狗咬、人族下毒捕殺），二是隱藏的病急發、找個靜暗處熄燈，但這通常有跡可尋如吃得少或不吃了，三是受困於地下停車場或某進得去出不來的人族住屋，這得賴牠運氣好壞或我們的找尋搜索正不正確，四是貓奴抱走收養了。

最後一種的快樂結局卻是最無法確知的，我們多希望貓奴抱走一隻剪耳街貓時能想法讓餵貓志工知道，有些貓，簡直叫人懸念終生。

葛格不在，新房子貓群亂了一陣子，正巧三月底我和錦樹、以軍去香港參加「六十年華文當代文學研討會」，四天後回來，幫我餵的唐諾報告除了甜橘其他沒有一隻街貓不如常出現。

我立即猜想，親人美麗如甜橘，可能又被某貓奴抱走了吧……如此忐忑了半個月（每離開新房子點，我總對空說，甜橘現在可獨吃一整個貓罐，不用等我這一匙了吧），忽聽到不常走入的「新路」巷子有熟悉的貓叫聲，我都還沒見到就脫口喊「甜橘」，因那確實是甜橘的喵聲，但也再不是甜橘了。

最後的新房子路

我還沒走近，就嗅到很強的尿騷味，甜橘躲在車底，我用罐頭誘出牠，牠瘦得脫形，拖行著下半身爬出來，街燈下，兩隻後腳無外傷拗折但廢掉了似的，又髒又臭。

我們輕易就把無力的牠抓到吳醫生處，吳醫生初步判斷是車撞的，而且半個月了（我懊悔極，為何當時沒立即找牠）。甜橘的肛門因拖行磨地腫大感染至變形，又因下半身癱瘓狀態無法排便，我們只得拜託吳醫生先把牠外傷治癒，日後長期的復健我們再接回家。

甜橘住院的半個月，吳醫生送牠去照X光，還找了在台大動物醫院看診講課的老同學葉力森會診。我們幾次去看牠，甜橘一聽我喊牠就空中插秧（兩前腳輪番推擠動作、貓爪一斂一放，是在貓媽媽懷裡吮奶的至福記憶），吳醫生餵食，甜橘尚會生命力旺盛的躺臥著將盤子勾近，以爪勾食一口一口吃。吳醫生說X光片並不那麼明顯有脊椎損傷，但不明白也擔心牠為什麼從不試著起身。

我和天文早已暗下決定甜橘外傷治好也不會將牠放回街頭，我們打算接回家放我媽臥室，媽臥室是家裡的特殊病房，已有一隻收了三年的車禍貓姐姐（那又是另一段故事了），姐姐因下半身拗折變形得爬行，所以極神經膽小，吳醫生又將甜橘照料得很好，不細看，幾乎已恢復到照片中的健康模樣……，我們擺盪在這兩難狀況中，延捱了。

以為對貓性再了解不過的我和天文，仍有誤判的時候，我們太輕估一輩子（兩年）在街頭慣了的街貓，一旦生活在雖然風雨飽暖無虞但光亮侷限的空間的那種無休止的巨大壓力，至解離狀態。

不然我們無法解釋把甜橘接回的第二天，天文幫牠洗了一個溫暖的復健泡浴，太陽很好，我們把牠放在植滿花木的陽台，是那空氣中加總的所有熟悉氣息故嗎？牠在我們抱著牠、打算餵嬰兒食品泥時就鬆口氣離開了，我和天文當場嚎啕大哭，像最煽情最爛的電視劇中親人離去時的那種大哭。

我們更驚駭彼此人模人樣了半生，原來如此不堪一擊。天文哭完告訴我：「我們這樣不行，還不行。」沒練得金剛不壞之身還不行嗎？

天文用我們一條常用的絲巾把甜橘包得暖暖的，納棺師出馬果又包裹成美麗的禮物盒。我們提著裝著甜橘的禮盒，特走一趟新房子路，四月杪，太陽落了便涼風習習，好可憐呀甜橘，我默念著，兩年就是一生，除了醫院，一生沒跨出我們這個山坡的甜橘，自由好去吧。

次日，報載曾關心我們並捐輸過流浪動物的企業鉅子半百得一女，我總告訴自己，那是甜橘去投胎享福的，只有這樣，我才能重新夜夜有力氣去新房子餵貓而不再流淚。

二〇一〇年二月

興昌亞種

貓王朝

這些照片中看起來一模一樣的貓，並非同一隻，而是同屬一個龐大的家族中的一隻隻街貓。

從牠們的花色就可想像，不管貓媽媽相不相同，一定曾有一隻這樣長相的貓大王。

確實這貓大王曾稱霸我們這山坡約一年多，那時我們尚不懂得用誘捕籠抓貓去絕育，總還十分農業社會步調的與貓大王及其妻妾們慢慢餵食混

① 新房子媽媽，攝於二〇〇八年二月二十一日。
②「第五隻」，烏鴉鴉的媽媽。

③ 橘貓，全身幾乎沒有白，牠帶有螺旋狀的斑紋。
④ 黑色的虎斑貓，底色棕，「新房子狸狸」。

熟（短則一兩個月，長則經年甚至更長），能近身了，再徒手捉……，這期間，牠們已生養好幾窩啦。

一代的貓王朝就這麼來的。

先說徒手抓貓。其實通常都是天文執行，我則像小孩子看人放鞭炮似的遠遠在一旁掩耳閉眼。街貓抓失敗就得從頭，甚至花數倍時間重新取得牠信任的再來過，所以不能心軟鬆手，天文做得到我做不到。

執行任務那天，天文總像藍波出任務，雙手腕用數條手帕一圈一圈纏得死緊木乃伊狀，但街貓掙扎的求生力道永遠超過預期，因此有好些天文夏天不敢穿短袖，雙腕新傷舊傷累累好不了，像遭家暴或有自殘習慣的好嚇人。

我們都夜間餵食，所以並沒機會為這隻貓大王留下任何照片，總以為來日方長機會多得是，但牠們生命總是令人再再吃驚的短暫。不過牠與牠的徒子徒孫完全一個模樣：麻質不亮的白毛底，這隻背上五個小黃塊那隻八個小黃斑，以脊椎為中軸線，呈互生或對生。牠們個性又極相似，分辨出牠們並命名煞費功夫思量，乃至最終會出現貧乏的如黃多多、白多多，或以特定的貓（小六六）為中心輻射出去的命名：六阿嬤、六媽媽、六哥哥、六哥、六灰灰……

白爸爸

我們叫這隻貓大王為白爸爸，以有別於前兩王朝的「貓爸爸」和「黃爸爸」。白爸爸的領土遍及整個山坡數社區，但並不常來我們家叨擾，也許我們家母貓全已絕育並無吸引力，公貓也全絕育沒有競爭的張力，牠只偶爾路過我們後院牆頭給眾貓備的水罐喝水（很多善待流浪動物的善心人並不知，飲水通常比食物更重要，尤其酷暑連日不下雨、冷氣機又不許滴水的台北街頭，本來就易有泌尿問題又吃多了人族隨意餵食的高鹹廚餘鹽酥雞，大量的公街貓常死於腎臟病）。

便只有在白爸爸偶爾來飲水的那會兒我們可以偷偷打量牠，牠們這家族真的長一個樣，白臉上的一雙眼睛像剪紙像挖洞，並無一般貓咪的睫毛或漸層。牠們的皮膚狀況皆不好，不亮不密的白毛中隱透著粉紅的膚色。

結果白爸爸家族最大的一隻出現在我們屋後山坡的「敦南第一景」社

區（我一定要點名出來，因他們是我遇過最冷酷的社區）。先是那年六月六日一整天，我們屋後連後山社區的陽溝傳來小奶貓哭聲震天，好不折磨人。天暖，我們努力堅起心腸不去探看，想也許是某有貓人家母貓正搬家的家務事，要不，等待也許有心腸更軟的人會去撿拾收養（因為那時家中已有十三隻貓和八隻老狗）。

最終，我們還是方圓數里心腸最軟的，趁天暗前去水溝輕鬆撿回驚恐的小奶貓，並以撿拾日命名小六六。小六六是個男生，一看就是白爸爸之子，牠且粉嫩嫩幾無毛髮像隻裸鼠，決定留下這隻裸鼠為我們家第十四隻貓並不難，只是我們都有隱憂，有一就有三（貓科通常一胎四隻），其他三隻裸鼠哪兒去啦？

小六六

一兩個月後，「敦南第一景」社區透過里長向我們求助，原來他們社區裡街貓前時膨脹到十五、六隻，幾天前有居民下毒，貓們這裡一隻那裡一隻死相甚慘（有違中產階級美學，因為他們一點不反對捕殺貓，只是最好不經由他們的手最好看不見，總之不要死得如此不雅），住戶們怕毒餌會被小孩或屋裡的血統名貴狗誤食或死貓掉進蓄水池……，希望我們幫忙用毒殺以外的方法「處理」。

我們得以進入社區（照例，他們以鐵柵欄圈圍原本是開放空間的中庭），照眼認出六媽媽，六六的同胎大姊二姊三姊（當然，這是後來才知道牠們性別的），六哥哥（成貓，可能是前幾胎留下的），倖存的牠們，潦倒落魄骨瘦如柴得叫人看了掉淚，這社區，開放空間連後山綠地、水土保持山壁，但容不下這幾隻貓?!

小六六的三個同胞小姊姊已被管理員抓了以鐵籠關著，說正要送去「動物之家」（七日後安樂死），籠內未置水糧，大便積成小山，愛乾淨的貓們只好瑟縮站立在籠子另一角落。我們里那時尚未加入市府動檢所的TNR（捕捉絕育回置計畫），不能阻止他們的捕捉街貓，便商議先搶下七天時間，寫了公告貼社區布告欄，告之七日內無人認養，這籠小貓將送「動物之家」安樂死。

那七日，我們先立即改善貓兒處境，給貓籠加遮雨板，早晚餵食，放貓砂盆、打掃，並照顧一旁流連不去焦慮的六媽媽和六哥哥。那年颱風多，我和天文每在中庭一角清理貓籠，籠裡三個小姊妹濕冷髒懼，我們總眼淚掉得比雨還凶。第一次，我很恨人族，我抬頭望著四周環繞的社區大樓安適的人家住戶，感覺窗簾背後那一雙雙偷看我們的人眼人心，活這麼大，第一次我完全不了解我屬於的人族，在想什麼啊?!

人族的存證信函

七天到，不意外的無人認養甚至聞問，我們把三姊妹送醫除蚤打預防針後，送銅鑼外公家，外公家屋大院子大，有老貓老狗，有越南女孩阿梅幫忙照顧。偶爾有社區居民問起那三隻小貓呢，我們客氣回答：「因為沒人認養，送動檢所安樂死啦。」我十足想讓他們良心受折磨。

但還剩六媽媽和六哥哥、六灰灰（也是小六六前幾胎的哥哥，總膽小四下鑽躲永遠灰撲撲的）、長尾白四隻貓。我們徒手抓唯一的母貓六媽媽去絕育剪耳為記放回，告訴居民不會再有小貓、數量控制住了。我們想辦法把居民抱怨的理由拿掉，以換取牠們可以在此容身。例如居民抱怨牠們會在垃圾收集時間去翻找廚餘桶，我們就準時在之前讓牠們吃飽並勸導一些自以為好心的將吃剩的便當或雞骨廚餘傾倒在牠們出沒地弄汙環境，我們還在中庭角落的石椅下放置貓砂盆，每日上去清理，最怕遇颱風大雨，整盆貓砂浸濕既浪費也難清理。

但這日復一日的努力並未被居民們看在眼裡，他們極端者一二人的振振言詞如「喂我都有繳管理費、牠們有繳嗎？憑什麼可以待在我們社區！」（日後，我會在〈殘酷語錄〉中一一記下我聽過的不可思議的人族語），而住委會做了決議寄給我存證信函，聲明若我再繼續在他們社區養貓（我的貓？），他們就要訴諸法律云云。

此中，只有一對愛動物的母女，會在我們餵食清貓砂時默默站一旁看；還有淑敏，會在天冷我們找貓時，從被窩鑽出，笑嘻嘻幫我們偷偷打開社區地下停車場，讓我們找尋來取暖受困的貓，淑敏還發動一二住戶合寫了獎勵函謝我們以平衡前此無情的存證信函。

存證信函後，怕他們又重施毒貓故技，我們試著在餵食時引牠們到公共人行道的路邊停車車底，這也才發現還有一隻一模一樣到找不出特徵取不出名字的貓，只好取名「第五隻」，「第五隻」在我們還沒掌握牠行蹤時就偷生了一窩貓，一隻牠隨身帶，只要片刻離開，小貓就大哭大叫聲震該區大樓中庭，我們叫牠「烏鴉鴉」，另一隻小貓是第五隻在搬家途中暫放淑敏家陽台，說暫放，是第五隻後來連七天去找尋，直至淑敏先生看了不忍、出面對牠雙手一攤說不在這裡了呀（淑敏說，那是她這輩子第一也唯一一次看到老公對貓說話），因淑敏第一時間趕忙好心把小貓送我們家，我們取名黃豆豆，唉，花色想就知道。

興昌亞種

除了花色像，個性更像，故有所謂「興昌（里）亞種」（海盟語）。興昌亞種的公貓，個個愛看人族做事，我們這山坡上最老舊的社區，近年從沒停止的這家那家動工改建，你隨時會看見一隻不嚇跑的興昌亞種公貓蹲在牆頭默默觀察，真的，默默觀察，我們家屋內的興昌亞種公貓，天天不厭倦的看你磨咖啡豆（通常那聲響會驚散一屋子貓）、加水、放咖啡粉、按鍵，牠看你洗水果、去皮，看你拆郵件、分類，看洗刷院子，看你操作設定洗衣機按鍵，乃至幾次下來，你要做這些事時，牠比誰都快步跑你前頭急切的就要開口：「我來我來，我會我會。」

牠看成那樣，是真會了。

興昌亞種母貓都是一級棒的媽媽（若牠們未遭我們結紮個個有機會當媽媽的話），牠們都沉著不言，街貓聚落群中若有一隻興昌亞種母貓當頭頭，那聚落就又平和又安靜不易驚恐躁亂。

我何其有幸像珍古德與崗貝黑猩猩家族那般的結識這興昌亞種家族，雖然這過程我不確知是淚水多還是快樂多，但終歸有多少人可以在這乏味無波的現世如此與其他生靈性命直見的相與呢？

例如很多個好天氣的夜晚，我在辛亥國小操場跑道散步，國小夜間部駐校校長「辛亥白爸爸」（與其他又一模一樣，真的取不出名字了）就跟在我腳邊一圈圈的走，時不時聊兩句，總引路過之人側目問一句：「你家的貓？」

嗯，是我的野蠻好朋友。

二〇一〇年三月

最好的時光

異族他類自由來去

那時候，大部分人們還在汲汲忙碌於衣食飽暖的低限生活，怎的就比較了解其他生靈也掙扎於生存線的苦處，遂大方慷慨的留一口飯、留一條路給牠們，於是乎，家家無論住哪樣的房（當然大都是平房），都有生靈來去。

那時候，土地尚未被當商品炒作，有大量的閑置空間，荒草地、空屋廢墟、郊區的更就是村旁一座有零星墳墓和菜地的無名丘陵……，對小孩來說，夠了，太夠了，因為那時沒太多電視可看，電視台像很多餐館一樣要午休的，直至六點才又營業，並考慮在小孩等飯吃時播半小時的卡通，於是小孩大部分課餘時間都遊蕩在外，戲耍、合作、競爭、戰鬥⋯⋯習得與各種人族相處的技能，他們又且沒有任何百科全書植物圖鑑可查看，但總也就認得了幾種切身的植物，能吃、不可吃、什麼季節可摘花採種偷果、不開花的野草卻更值採擷，因它那辛烈鮮香如此獨一無二，終至人生臨終的最後那一刻才最遲離開腦皮層。

是故他在樹上或草裡發現或抓來的一枚蟲，可把牠看得透透記得牢牢，以便日後終有機會知道牠是啥。

那時候也鮮有絨毛玩具，於是便對母親買來養大要下蛋用的小絨雞生出深深的情感，自己擔起母親的責任日夜守護，唯恐無血無淚並老說話不算數的大人會翻臉在你上學期間宰殺了牠們。

那時離漁獵時代似乎較近，釣魚捕鳥是極平常的事，你們以簡陋的工具當作萬物中你們獨缺的爪翼，與你們欲狩獵的對象平等競逐，往往物傷己也傷，你眼睜睜見生靈的搏命掙扎、並清楚知道那生命那一口氣離開的意思，是故輕易就遠離血腥戲虐，終身不在其中得到樂趣。

因此你們都不虐待惡戲那流浪至村口的小黑狗，你們為牠偷偷搭蓋小窩，那藍圖是不久前聖誕卡上常出現耶穌降生的馬槽。焉知小黑狗才不安分待窩裡，總這裡那裡跟腳，跟你上學，跟你去同學家做功課，最終跟你回家，成了你家第三或四隻狗。

那時奇怪並沒有流浪動物的名稱或概念，是故沒有必須處理的問題。每一個村口或巷弄口總有那麼一隻徘徊不去的狗兒，就有人家把吃剩的飯菜拌拌叫小孩拿出去餵牠，小孩看著路燈下那狗大口吃著，便日漸有一種自己於其他族類生靈是有責任有成就之慨。

那時候，誰家老屋頂發現一窩斷奶獨立但仍四下出來哭啼啼尋母的小仔貓，便同伴好友一家分一隻去，大人通常忙於生計冷眼看著不怎麼幫忙，奇怪小貓也都輕易養得活，貓兒妹的主人因此也結成人兄妹，常你家我家互相探望貓兒，終至一天決定仿效那電視劇裡的情節促成牠們兄弟姊妹大團圓的把大貓們皆帶去某家，那曾共咂一奶的貓咪們互相並不相認的冷淡好叫你們失望哪，但你們也因此隱隱習得不以人族一廂情願的情感模式去理解其他生靈。

春天，生生不息

那時候，人族自己都還徘徊在各種絕育或節育的關口，因此不思為貓們絕育，於是春天時，便聽那貓們在屋頂月下大唱情歌或與情敵鬥毆，人們總習以為常翻身繼續睡，因為牆薄，不也常聽到隔鄰人族做同樣的事發同樣的聲響或嬰兒夜啼這些個生生不息之事嗎？

那時候，友伴動物的存在尚未有商業遊戲的介入，人們不識品種，混種，就如同身邊萬物萬事，是最自然的存在，你喜歡同伴家中的一隻貓，便追本溯源尋覓到牠媽媽人家，便討好那家的大人或小孩，必要他們答應你在下一次的生養時留一隻仔仔給你。你等待著，幾個月，大半年，乃至貓媽媽大肚子時，你日日探望……，這樣等待一個生命降臨的經驗，只有你盛年以後等待你兒你女的出生有過，所以怎會不善待牠呢？

因此那時候最幸福的事是，家中的那隻女孩兒貓怎麼就大著肚子回來了，因為屋內屋外貓口不多，你們絲毫不須憂慮生養眾多的問題，你們像辦一樁家庭成員的喜事一樣期待著，每日目睹牠身形變化，見牠懶洋洋牆頭曬太陽，牠有點不幼稚了，瞇覷眼不回應你與牠過往的戲耍小把戲，牠腹中藏著小貓和祕密都不告訴你，那是你唯一有悵惘之感的時候。終至牠肚子真是不得了的大的那一天，爸爸媽媽為牠布置了鋪滿舊衣服的紙箱在你床底，你守歲似的流連不睡，倒懸著頭不願錯過床下的任何動靜。

然後，永遠讓你感到神奇的事發生了。

那貓馬麻收起這一向的懶散，片刻不停的收拾照護一隻隻未開眼小圓頭圓耳的小傢伙，媽媽（你的）為牠加菜進補得奶幫子果實一樣，小貓們兩爪邊吮邊推擠著溫暖豐碩的胸懷，是至今你覺得人間至福的畫面，你由衷誇獎牠：「哇，真是個好棒的馬麻！」

然後是小喵們開眼、耳朵見風變尖了，牠們通常四隻，花色、個性打娘胎就不同，你們以此慎重為牠們命名，那名字所代表的一個個生命故事也都自然的鐫刻進家族記憶中，好比要回憶小舅舅到底是哪一年去英國念書的，唔，就樂樂生的那年夏天啦！生命長河中於是都有了航標。

因此，你們可以完整目睹並參與一隻隻貓科幼獸的成長，例如牠們終日不歇的以戲耍鍛鍊狩獵技藝，那認真的氣概真叫你驚服。與後半生撿拾的孤兒貓不同，你日日看著貓馬麻聰明冷靜盡職的把整個祖祖宗宗們賴以生存的技能一絲不打折的傳授給仔貓們，乃至你們偶爾的求情通融（好比牠將仔貓們都叼上樹枒或牆頭要牠們練習下地，有那最膽小瘦弱你們最心疼的那隻獨在原處喵哭不敢下來，你們自慚婦人之仁的搬了椅子解救牠下來）完全無效，那馬麻，以豹子的眼睛看你一眼，返身走人。

人有尊重一切生靈之義務

那時候，人們以為家中有貓狗成員是再自然不過的，就如同地球上有其他的生靈成員的理所當然，因此人族常有機會與貓族狗族平行、或互為好友的共處一時空，目睹比自己生命短暫的族裔出生、成長、興盛、衰頹、消逝……，提前經歷一場微形的生命歷程（那時，天寬、地闊，你們總找得到地方為一隻狗狗、貓咪當安歇之處，你們以野花為棺、樹枝為碑，幾場大雨後，不復辨識，牠們既化作塵土、也埋於你記憶的深處，毋須後來的政客們規定你愛這土地，你比誰都早的愛那深深埋藏你寶貝記憶的土地）。

種種，奇怪那時候貓兒狗兒們也沒因此數量暴增，是營養沒好到讓牠

伏居島嶼角落的貓族。

們可以一年二甚至三胎嗎？又或牠們在各自的生存角落經歷著牠們的艱險就如同牠們歷代的祖先們？牠們默默的度不過天災（寒流、颱風）、度不過天敵（狗、鷹鷲、蛇）、度不過大自然媽媽，唯獨沒有（此中我唯一也最在意的）人的橫生險阻、人的不許牠們生存甚至僅僅出現在眼角。

我要說的是，為什麼在一個相對貧窮困乏的時代，我們比較能與無主的友伴動物共存，反倒富裕了，或自以為「文明」「進步」了，大多數人反倒喪失耐心和寬容，覺得必須以祛除禍害髒亂的心態趕盡殺絕？這種「富裕」、「進步」有什麼意思呢？我們不僅未能從中得到任何解放、讓我們自信慷慨，慷慨對他人、慷慨對其他生靈，反而疑神疑鬼對非我族類更慳吝、更凶惡，成了所有生靈的最大天敵而洋洋不自覺。

曾經，我目睹過人的不因物質匱乏而雍容優游自在自得不計較不小器，我不願相信這與富裕是不相容的。眼下我能想到的具體例子是京都哲學之道的貓聚落（尤以近「若王子寺」處），那些貓咪多年來始終不超過十隻，是有愛動物的居民持續照護的街貓而非偶出來遊蕩的家貓（觀察牠們與行人的互動和警覺度可知），牠們也觀察著過往行人，不隨意親近也不驚恐，周圍環境的氣氛是友善的，沒有櫻花可賞的其他季節，哲學之道也沒冷清過，整條一公里多的臨人工水圳的散步道，愈開愈多以貓為主題的手工藝品小物店和咖啡館，顯然，居民們不僅未把這些街貓視作待清除的垃圾，反而看作觀光資源和社區的共同資產。

這其實是台灣目前某些動保團體如「台灣認養地圖」在努力的方向，走過默默辛苦重任獨挑的貓中途、TNR之後（或該說之外，因這些工作難有完全止歇的一天），欲以影像、文字（如我、朱天文、葉子的系列貓書）、草根的社區溝通（如其實我一直很害怕的里民大會）……營造的貓文化，讓喜歡和不喜歡的人都能習慣那出現在你生活眼角的街貓，就與每天所見的太陽、四時的花、季節的鳥一般尋常，或都是大自然最令人心動愛悅或最理所當然的基本構成。

（早於一九八七年，歐洲議會已通過法案，「人有尊重一切生靈之義務」現為歐盟一二五號條約。）

我不相信我們的努力毫無意義。

我不相信，最好的時光，只能存在於過去和回憶中。

二〇一〇年五月

樂生貓

去年初我曾應邀和劉克襄去樂青辦的文學營和院民們聊天。之前我久已聽聞樂生院裡多被人丟棄流浪貓狗，也曾在網上看過樂生老房子老樹老牆上悠然自在的貓。因此去之前，我期盼是一次和院民們分享他們在被禁錮被剝奪的漫長人生中和動物相伴的愉悅經驗。

沒想到事實上正相反，在我們可能「陳義過高」的談話途中，金英阿姨牽著一隻被捕獸夾夾傷的三腳狗蹲在旁邊哭泣，狗狗長得纖巧似鹿，敏感膽怯的大眼，腳一定也曾和鹿一樣敏捷美麗。原來院裡的貓狗全都是金英阿姨在顧，其他人並不那麼能接受，甚至有人不時叫環保局來捕捉，有人甚至在後山菜園周遭擺滿捕獸夾，導致院內二十隻狗裡竟有六隻狗被夾傷，一隻因傷太嚴重躲起來後，自此就消失了。

狗的問題顯然困擾爭議了很久，意見領袖添培阿伯便向我們重述反對那方的意見，並建議：「為什麼不能建個大籠子將這些貓狗全數關進去就好？」我只能回答，當初樂生不就在如此的思維下才產生的嗎？健康的大多數人，以為只要把這些也不知是

樂生療養院裡的貓。

否有傳染性、但病容確是和正常人不同的「異類」統統關進一個大籠子裡眼不為淨的，問題就解決了。

那天的結論是，在雙方充分對話聆聽後，找到了彼此可妥協尊重的共生方式，金英阿姨更積極尋求協助，如和樂青中也關注動保的學生一起做貓狗捕捉結紮的工作、清理院區內散步活動步道上的排泄物，並尋求對放置捕獸夾的人宣導動保法中有關使用捕獸夾的罰則；其他院民則重新試著容忍接納這些，其實和他們「被排斥被遺棄」命運相似的生命們。

黃昏的大榕樹下，好一幅動人的和解共生圖像，學習，永遠不嫌晚，我們相信樂青的學生們和我一樣都上了一課。

二〇一〇年七月

公貓們

這是我陸續寫了半年的貓書《我的街貓朋友》的最終篇。

我遲遲延挨著不寫，自己清楚知道是害怕那文末句點所代表的曲終貓散，害怕那許許多多與我際遇或實可想像的街貓們，只因不及被寫到，就真如牠們在這城市角落不為人知的真實處境般的、被遺忘被淹沒了。

這本書，不同於前書《獵人們》的歡快恣意，因我必須意識到動保社運的處境（所關懷的是弱勢中的弱勢，是沒有選票的）、愛心媽媽志工們的非人辛酸、意識到主管業務公部門徘徊在進步（以TNR取代現行捕捉撲殺政策，T—trap 捕捉、N—neuter 絕育、R—return 置回）或回頭路的關口，意識到社會絕大多數人對流浪動物的冷漠輕心（人都活不下去了還畜牲?!）、意識到為數仍眾日復一日在殘酷大街求生的流浪動物……我無法裝可愛的只寫那少數幸運被人寵幸愛顧的貓咪，我妄想要一一捕捉記下牠們街頭暗巷的身影、故事，證明牠們確實來過此世此城一場。

曾經我在《獵人們》文中言及無可取捨公貓們與母貓們的情感表達方式（如確如刻板印象的，大公貓通常傻乎乎的在你腿上亮肚皮完全信賴的大睡；母貓們，就算鍾情於你，也不過在各個角落目不轉睛的凝望你，謹慎的從不一次釋出所有情感和信任），這個不同，在做了絕育手術之後更加明顯。我們屋中目前有貓十八隻，屋外例行餵食照料的近四十隻（全已絕育），是個可堪觀察的田野。

於是有此觀察：母貓們絕育後，對人族不時撿拾來的孤兒奶貓全無興趣，第一時間退避書架頂或牆頭（雖然探索頻道播過的紀錄片裡野貓聚落的年輕母貓會幫忙撫育母親或親族所生的小弟小妹），母愛一點也不像傳說中的是與生俱來的。

照顧小奶貓的責任於是落在人族……嗯，和公貓身上。

乳乳

大公貓（當然並非每一隻）很快都能都願意克服「畏懼並逃離仔貓的機制」（機制的設計是為了保護幼獸免於大手大腳粗魯輕疏的傷害吧），前往嗅嗅、探視，進而舔舐喵喊媽媽的小傢伙，把屎把尿，夜晚與之共眠……種種這些記憶裡媽媽曾經對自己做過的事，乃至於人族在燙奶瓶、溫水、量舀小貓奶粉時，牠皆一旁全程注視參與，以致有時我手邊另有事在忙時，真想拜託牠們接手咧。

大公貓的照顧幼小，似乎是社會性的，是為了物種已群的延續壯大，牠們甚有公德心的耐心教導小孤兒貓生存狩獵技能，帶牠們四下遊蕩認識周遭環境、獵食（蟑螂、蜥蜴、小鼠），接手原該貓媽媽做的所有事。牠們的社會化甚至高度發展到與共居一屋頂下的人族，發展出違背動物本能的複雜行為，牠會代表貓族老小與人族社交，例如乳乳與辛亥白爸爸。

先說乳乳，牠原名乳牛，不用說是黑白花，這款貓特有的聰明，早晚會有像朵麗絲．萊辛為之特別寫的專書《貓語錄》。乳乳與姊姊小三花是二〇〇四年在里裡的慈惠宮小廟前的水溝裡發現的，起先以為是兩隻溝鼠，因皆渾身癩病加油汙泥，後來經我們一整個月的投藥餵食，姊弟倆復原成健康美麗但仍膽小難近的貓。我曾在〈只要愛情不要麵包的貓〉文中描記過小三花，她右眼被一大塊三角形黑毛覆蓋，蹲在金爐上等我餵食時像個神氣的獨眼海盜頭子，我永遠記得，「臨終時，光速閃離我視網膜的畫面，必定有這樣一幅。」

小三花不見後，我們決心在那農曆年勢必廟前鞭炮大作前把乳乳抓回家。乳乳很快長成骨架身量偉岸的美男子，牠愛上人族謝海盟，天天尾隨上三樓，三樓內已有神經質貓三隻不能再增加，進不了屋的乳乳只得在陽台短牆上叫喚，牠是超讚的男低音，又唇上一撇黑鬍鬚，我們總笑盟盟：「你的拉丁情人又唱情歌啦。」

其後，是家裡貓口增長最快的時刻，我們總說家裡留的都是醜的、病的、弱的、殘的，總之就是不可能送出認養的，其實只要小奶貓待上兩天，就不捨送人了，我真佩服那些長期做中途的志工，他們的心臟一定不同。

小奶貓的到來，屋中所有貓才聽喵聲就四下逃散一空，簡直的誰是鼠誰是貓啊，只有乳乳，立即接手貓媽媽工作，牠身量巨大，起起坐坐費盡工夫喬姿勢唯恐壓到共眠的小貓，牠又每每屈身亦步亦趨尾隨四下探險的小貓，我們總心存感激的笑牠婆婆媽媽笑牠娘。

乳乳在貓界一定領有專業保母證照，經牠手的小貓無一不健康平安長大，有時牠帶小貓夜訓整晚累了睡大覺（總有那麼一次，彷彿成年儀式，貓媽媽或貓保母會將小貓帶至遙遠處，而後考驗牠們似的置之不顧自己先回），我們搖醒牠質問：「券券（消費券時期來的小公貓）呢？」乳乳老神在在繼續睡，待我們婦人之仁再再催促牠，牠跳門出去，半個小時內帶回券券。牠且知道人族對每一隻貓的命名。

牠與母貓一樣，該放手讓小的獨立時就放手（大多數人族都做不到），不藏私，不要求回報，一直到丁丁。

丁丁是某夏天突出現在隔壁丁家院子的小孤兒母貓。丁丁長得又圓又甜（我們也叫牠丁圓甜），但驚恐膽小，智力不足到不辨利害安危，牠僅剩的智力額度就是認準貓族乳乳、人族我，我同情牠，總給牠加餐，偏心到屋內貓只要我喊一聲：「阿丁咕回來啦！」就紛紛前來，知道有白金罐可吃了。

丁丁成年好久，乳乳知牠獨立難生存似的都不丟窩，影子或大尾巴般的帶進帶出，擺明是關門弟子。但其後我們仍收過幼貓（黃豆豆、橘子、券券），乳乳每見沙發角落擺著裝小奶貓的箱子，便發愁對之嘆氣，無奈的看我們一眼，那意思再清楚不過，因在場人族都異口同聲撫胸保證：「發誓這是最後一隻。」

乳乳除了當保母，也身兼家中貓王，家中的公貓們雖都結紮，但三不五時仍會吵架爭鬥，無非你占了我老位子我故意行經你地盤，乳乳從不浪費任何精力在這茶壺風暴上，牠說到做到，在帶大券券後，帶著丁丁在隔巷人家開疆闢土，這家車庫那家後院把原落腳的街貓們打得無容身處。那些街貓，已被我們結紮，也取得居民們的理解TNR，都能接受牠們出現在環境中，唯乳乳與牠們對峙叫陣時的聲量像瑞士山區長號一樣，不須鄰居們電話：「你們黑白貓又在吵架了！」我們自己都聽得到，三更半夜都得快快披衣去排解。

乳乳變得只能每日傍晚匆匆回來吃一頓，又一刻不歇的繼續出門去捍衛牠辛苦打下的海外殖民地。對此，我們不領情極了，總在牠跳門進屋時挖苦牠：「了不起了不起，又打了白嘴巴和橘 gay gay 了吼。」

乳乳聽出語氣不善，哀怨的望著人，一雙綠眼睛企想懂得人族到底在想什麼。

與人族有了來往，無法回到純粹本能機制行事的狀態，彷彿神話故事中的混沌被鑿開了七竅倒地而死。被鑿開七竅的還有「辛亥白爸爸」。

看名字就知是出現在辛亥國小的白（白底小黃塊，典型的「興昌亞種」）公貓，三年前發現牠影蹤時牠們其實是一家族，白爸爸、白媽媽和已懷孕的白小孩。牠們的活動領域介於國小和約二十多公尺外的「小坡庭園」社區間。會知道，是家住「小坡」的劉克襄告訴我的。原先白爸爸家族是克襄繼《野狗之丘》後觀測並打算書寫的對象，後來因我們的介入、結紮、每日餵食，不再「自然」了，克襄便不再追蹤。

是的，我們的介入，白爸爸會在每晚我尚離小學老遠的牆外時，便那頭知曉哇哇大喊。牠會在天氣好我去操場跑道散步時尾隨我腳際邊走邊聊，牠是我在〈興昌亞種〉結尾說的那隻辛亥國小夜間校長，我的野蠻好朋友。

是牠們因近親繁殖皮毛皆不佳故嗎？我像早有預感似的跨過界，揪起牠後頸至可依胸前（以便於日後萬一要送醫時才捉得到）。通常，我們極力避免與街貓發展這關係，免得牠們對不可測的人族失掉戒心。因為很弔詭的，等你察覺你在餵食照顧的街貓食慾不佳甚至不吃了，因此擔心牠生病想送醫時，唯一能誘捕到牠的方式是食誘。牠不吃了，抓不到牠，你得忍受或長或短一段時間目睹牠想吃而不能、怔怔蹲一旁、而後終有一天不再出現的嚴酷過程。

是我有預感嗎？每次揪起白爸爸將牠抱在我胸口的那短暫片刻，我總低聲告訴才四、五歲的白爸爸：「把拔，將來我會帶你回家養老。」

如同前面說過的，街貓的逝去，除了遭車撞遭人毒這類的橫死，要有所謂的老死、病死、餓死、弱死，牠們都會靜靜的找一神祕角落「關燈」。但我們也觀察到，有些街貓，接觸過或與人族有了感情的貓，便會喪失掉這個本能機制似的。

所以，我們帶過好幾隻這狀態的街貓回家，「收留她，協助她去世。」這話是賈西亞・馬奎斯回憶童年時一名投奔來家的年長親族的用語。我們給牠在屋裡布置一個寧靜幽黯不被打擾的角落，不做人族力求自我安心而做的侵入性的灌食醫治。

牠們大多一、二日內在我們淚眼中睡姿離去。

我完全沒想到對白爸爸的承諾這麼快就得兌現。白爸爸送醫時不意外的是腎衰竭，這在終生喝不到一兩口乾淨水的街貓來說是基本款病，之所以如此急轉直下，事後追想是國小圍牆工程動工了太久，雨後積水上都浮著油汙或各種化學溶劑，我們置的乾淨小水罐在酷暑總無法支撐一天用量。

白爸爸在吳醫生處住院十天，確定病情，我們又陷入兩難，強力治療（每天打點滴、針劑）可延長數月，但最終仍須面臨抽搐痙攣和劇烈頭痛，最主要的，那是家貓的醫治，對於一隻終生自由在街頭，但凡有一絲體力便企想回街頭的街貓，要介入到底？還是鬆手？

盟盟提醒了我們一道底線：「若不能醫治到牠可重回辛亥國小，就不要勉強。」

我們決定接白爸爸回家「關燈」，在父親書桌底下布置了暖軟不受打擾的窩，白爸爸立即接受，大多時沉睡，只在我們不放棄搖貓餅乾罐時會搖搖晃晃走出來。曾經，漠漠大氣中，每晚聽到我們餵食的搖餅乾聲是至福的事吧。

我們也把牠帶到前陽台，梅雨前風中所有植物混雜的訊息一定跟不遠處辛亥國小的差不多吧。我告訴牠：「都在著（這世界），你放心。」

五天後，白爸爸沒走，我們聆聽了各個包括在照顧腎衰竭貓小虎的翠珊的意見，決定帶白爸爸去吳醫生處，計程車上，我用一條美麗的大手帕蒙眼大哭。這手帕是四月在復旦大學時楊君寧送的，白爸爸來後，我以它拭淚，不洗不換，因為知道最終要它做什麼。

吳醫生細細診察後，說：「放牠走吧。」

我揪起白爸爸，置我胸口，就像我們尋常在辛亥國小的夜晚，吳醫生靜靜的打了針。

天文用淚水濕透的手帕把白爸爸包好，納棺師不厭精細的為白爸爸做了今生牠最後一個也是唯一的窩。

我的心好痛喔，在這每天都有天災人禍、人命百條千條死去的現下，我簡直無法對別人傾訴一隻街貓的離去和與我的短暫際遇。

每晚，我仍得去辛亥國小餵僅存的白小孩和橘兄弟。沒有了白爸爸的校園，深秋一樣的好肅殺荒涼啊，我總對之暗暗自語：「白爸爸，我有做到帶你回家養老吼。」

二〇一〇年七月

小黃葛格的告別式

二〇一七年八月二十六日下午三點，我依邀請參加了街貓小黃葛格的告別式。

告別式在離我們家二十分鐘上坡路程的東X庭園社區，我冒著可能中暑的風險、頂著大太陽步行前往，希望藉此能稍稍曬乾我體內的水分，不致待會兒洶湧太多淚水。

先說葛格。

〇七年初，我們家不遠的新社區（我們叫它新房子）外的三岔路口，出現一家子剛斷奶獨立的黃虎斑，加上原有已結紮的五隻在地貓，立即破表為十數隻，餵食時，頗為壯觀，只要一搖餅乾罐，立即路燈下，大軍掩至，這情景，曾有陪我們餵貓的UCLA教授白睿文（Micheal Berry）目睹並拍照過。

小黃虎斑們三、五個月便長成，同胎兄弟妹，性格鮮明清楚，最膽小驚惶的我們叫牠「亂跑黃」，因牠總四處亂竄在山坡各處，惶惶找不到落腳地，最後不知所終；兩個橘白妹妹，一跑到小廟前，我們叫牠「小廟黃」，牠很快被來此訪友的附近社區鄰人喜歡上，告知我們並收養了牠。

剩下的是兄妹倆，葛格和妹妹甜橘（KT曾為牠們倆拍下一張日常照片，我用在《獵人們》二〇一三年版的封面，龍行虎步的兄妹倆中，左邊的就是葛格），甜橘一〇年車禍，遲了半個月才被我們找到，住院治療近一個月，接回家中打算長期復健，卻在我們幫牠洗了一場溫水澡、在陽台曬太陽擦毛時，呼了一口大氣走了，這一場，寫在〈新房子貓群〉中，恕我無法再說一次細節。

而葛格離開得更早，牠離開前，已是在地的大貓王，每晚餵食時，牠自兼哨兵，才在我們從轉角出現，牠就大聲鳴放，其聲之遠之綿長，只有我曾在瑞士山區聽聞過的瑞士長號可比擬。

葛格一發聲，在各個角落等候著的貓們立即群聚路燈下，葛格非常有領袖風範，自己先不吃，擇一高處警戒守衛著，完全不聽我們人族的勸慰：「葛格我們來看就好了，你趕快下來吃吧。」

儘管已被我們抓去絕育，牠並未因雄風喪失而變成一隻大懶貓，牠仍然超越動物本能的讓老弱婦孺先吃，自己守候著，所以儘管新房子的餵食點是單位貓口最多的，卻因葛格的大度和安定而平和有序，這一點也不理所當然，有些餵食點，大有仗著自己年富力盛的大公貓一定吃獨食，再飽也威嚇一旁飢餓的弱小不得靠近。

如此受人族貓族愛戴的葛格卻突然不再出現。

關於街貓的突然不見（前一晚還開心的進食、所以不是病痛衰亡），通常是受困（避寒躲進人居尤其是地下停車場）、車禍、狗咬，和被收養，所以我們找貓也有自己的ＳＯＰ，在附近的鄰人停車場和車庫敲罐尋喊、詢問清早掃街的清潔隊員可有發現貓屍……，該做的做完了，只能安慰自己也許是那最美好的好夢：被喜歡牠的人收養了。

因為是好夢，總叫人不敢就此相信，所以，多年來，心裡總懸念著葛格，尤其餵到那種貓們為了爭食亂竄互毆的地點，更叫人喟嘆一聲：「有葛格那樣子的貓王在就好了。」

一七年初，里內某社區透過里長聯繫到我，說他們社區有兩隻待了八年的流浪貓被新上任的社區主委要求處理（驅離或捕捉送收容所），我以志工身分說明參與了TNR計畫的里是不可任意捕捉送收容所，依動保法，任何人不可恣意滋擾動物使其受傷害甚至喪命，罰則是什麼什麼……

經與我聯繫的江江夫妻（以下人物皆姑隱其名），他們社區只有十八戶人家，大多對動物冷漠，只包含他們在內的三戶人家一起照顧兩隻來時已絕育剪耳的大公貓小黃和胖虎（這社區對動物的態度正巧是社會的縮影），惟天冷時牠們會跑入社區康樂室內睡覺，新官上任三把火的主委企想趁此立威。

東X庭園沿坡而建，四周是淺山雜樹林，社區內綠地空間充足，這三戶人家皆一樓住戶，都有城市人夢想透頂的一方草地花木庭園，不同於城中的水泥巷道，無處可躲的街貓對某些不喜歡動物的人是礙眼且必須除之後快，所以，這樣子的社區怎麼會容不下僅僅兩隻貓呢?!

江江夫妻分別都在大學任教，另兩戶人家也都是中產菁英，有概念有能力有責任感為牠們的存留付出，這應該是我們處理過的社區街貓案例中最輕鬆的吧。

但我仍約了動保處的工作人員帶了文宣品一起參加了他們的住委會。沒想到我們都回到了小學生時代，被也是某大學任教的主委結實的訓了一頓。我們分別說了該說的，但主委非得他們為之前的街貓存留爭議承認犯錯，並承諾日後包括幫社區住戶車子自費購買蓋布以免貓會趴在引擎蓋上留下腳印……

那個會議之前，江江立即建立東X庭園群組，討論這場攸關牠們去留的住委大會，討論中，是誰放了一張他們口中小黃的照片，我照眼看出牠是我懸念多年的新房子葛格，經確認牠出現的時間與在我們這裡消失的時間一致，我們之間的距離似近似遠（以人族來說，開車或步行得下坡至辛亥路、再一路上坡至萬美街他們的社區，但以貓族來說，牠只消星夜裡逕自穿過國小，橫過山路不遠就到），我好奇極了原先住得好好的葛格為什麼會起心動念出走，也許，也許牠不過秉持牠原來的睿智和犧牲精神，覺得新房子的貓口數太眾，牠自我放逐冒險離開，好將資源和領域留給更年輕或更弱的貓族？

從此我們叫牠小黃葛格，這對街貓來說很尋常，與牠們有際遇不同的人給牠們取不同的名字，一隻街貓往往擁有三、五個名字，牠們皆能辨識皆能接受（或許，牠以為那名字是那人對牠發出的特定叫聲吧）。

上山開會前，江江說他們暫把小黃葛格接回家避風頭，而且覺得牠的健康有恙，以便於就近觀察。於是，赴會前，我十分忐忑的上他們家三樓的陽光室，我們七、八年未見，我既期待，也又不真想見牠，對曾經際遇的貓，我總想只要記得牠們盛年時的樣子就好，很怕被牠們的病弱、老衰給篡奪。

江江向我解釋小黃葛格第一次被收進人居，還在自閉中，且因病弱著並不活動起身甚至不反應。

我仍帶著平日餵食街貓的餅乾罐，搖起來擦拉擦拉響好像籤筒，葛格聞聲先背耳，隨即掙扎起身，我當下在第一次見面的江江夫妻前失態痛哭，原來生命與生命間那我以為一陣風就吹斷的牽絲是如此強韌，穿越時空、歷久半點不磨滅。

之後，葛格被醫生診斷出重症，治療、住院、輸血……，後來我才知光醫療費就花了他們近三十萬。

那幾個月，東X庭園貓咪群組是我最忠實期待的，只要手機叮咚一聲，我看到三家人討論牠的醫療和病況、看到落單的胖虎的行蹤和食慾、看到他們如何回應管委會和鄰居們的意見、看到他們為兩隻不會言語惟處在人族世界的貓咪所做的種種高貴行止。

我總隨著葛格的病情起伏，牠住院等待輸血時，我整日心情黯淡，好事壞事都刷一層灰，牠返家休養食慾恢復、一張張在陽台上曬太陽放心熟睡的照片，我成天啦啦的心底在唱歌。

終至葛格離去的那日，江江夫妻含笑帶淚的整理好自己的心緒在群組上通知我們，並決定將葛格骨灰葬在泓泓家院子的櫻花樹下，那裡也是好天氣時小黃葛格喜歡流連之處。

好奇特的告別式啊，三家人，尤其泓泓家一家老小十來人全出動，夏末三點仍猛烈的陽光，把不管什麼樣的人族表情（黯然的、凝重肅穆的、努力微笑的、恍神的、淚流滿面的……）全都變化成一幅黃金圖像，微風吹動櫻花樹，有微妙音，有香氣……

我們相約，明年櫻花開時，我們再相聚樹前，一起懷念小黃葛格。

二〇一七年十月十七日

尾橘與黛比

尾橘是一隻街貓，黛比是一目測不到三十歲的女孩。

先說尾橘。牠出現時是二〇一三年夏，是我們里參加台北市動保處「街貓TNR（捕捉絕育回置）計畫」的第七年，里內的街貓因著我們日日定時定點的餵食，沒有一隻的行蹤和健康狀態我們不清楚，當然更別說隻隻都絕育了（流浪生涯到牠們這一代為止），所以一旦出現這樣威猛似虎、和善似羊、剛成年的年輕黃虎斑大公貓出現時，我們腦中即刻警鈴聲大作，尤其牠的麒麟短尾下懸著的兩顆飽滿蛋蛋，何其明顯，立即，牠成了我們的頭號目標。

但牠行蹤不定，在這個處處有貓蹤的山坡遊蕩、謹慎的找尋落腳的地盤，這其中，我們拎著誘捕籠盛夏裡出動兩次誘捕行動失敗，我和天文嘆口氣，知道又碰到了那種每幾年就不世出的絕頂聰明大貓王。

牠最後落腳在我們稱為「新房子」的三岔路口的區塊，那裡最盛時曾有十二隻大小貓，陸續遭我們送養和貓王出走（這是另一個故事了）、車禍、不明原因失蹤，只剩狸狸、白嘴巴、阿水三隻和平共處的公貓，不好戰不霸氣的尾橘選在那裡再可思議不過，是故，每晚見牠們四男生並肩在車下進食，是一幅太平盛世的畫面。

一年多後，幾次我路過一女生駐足良久在看牠們，通常如此時候，我也遠遠觀察他她們，因為有一定比例是莫名的嫌惡驅趕牠們或更甚，也有次日一定會接到里長或動保處轉來的投訴電話，當然也有像那女孩的柔軟專注的身姿。我上前解說牠們是做過TNR的街貓、分別叫什麼名字、有志工照護，並委婉說通常我們不建議與街貓有太親密的互動，擔心牠們失了警戒的野性，可能會為牠們帶來不測如那惡名昭彰四下虐殺貓的台大生。

女孩自我介紹叫黛比，她家住幾站公車外的地方，是來此訪友時正巧看到牠們，從觀察到偶爾餵食到結為友人。所以她當然沒聽進我們的建言，哇甚至秋末天冷時，她會攜來薄毯讓牠們酣睡一場而她守在旁邊。

終於黛比問她可以收養尾橘嗎？我們當然為尾橘開心，因為即便有志工照護的街貓，無時無刻不暴露在餐風露宿、車

等候黛比的尾橘。

子、浪犬、人虐中，能像家貓壽終的幾希，但我也依經驗提醒黛比，在外肯親近你的街貓並不意味著牠願意過失去自由（儘管安全溫飽）的家居生活。

從沒養過貓的黛比認為她和尾橘已準備好了，於是我們幫忙抓了尾橘並一起送到她家。

此後十天，尾橘高高臥踞於他們家書房的書櫥頂，一步也不下來吃、喝、拉，黛比非常焦慮，她甚至請了幾天假陪在書房裡，每晚 Line 我尾橘對她喵語的影片，問我牠說什麼，好似我是個貓族通譯，而我也真聽明白了，尾橘娘聲（牠與黛比或我對話時特細聲細氣）的問：「我在哪裡？這是哪裡？狸狸和白嘴巴呢？」

如此十天，我們都受不了了，我告訴黛比可能得放手了，你喜歡的是一個熱愛自由超過一切的傢伙。（咦好熟悉的規勸過哪個該離開外遇不斷丈夫的好友的話吧？）

放尾橘（或放 TNR 住院幾天的街貓）回牠故地時的場景是最動人

的，牠出了籠，望空嗅嗅那風、四下巡巡牠那比一張郵票大不了太多的地盤、與聞聲前來探望的狸狸、白嘴巴親愛的鼻子碰鼻子互嗅良久，而後一躍上人家後院的花壇，夕陽餘暉下開始悠然仔細的理毛。我把這景拍給黛比，還在上班的黛比一定對著屏幕展顏微笑並熱淚盈眶吧。

但，故事沒完。

黛比仍每天下了班就來看牠。天乍寒時，黛比坐在某人家階前滑手機，腿上的毛毯是睡得四仰八叉的尾橘和白嘴巴，見我面露問號吧，黛比指指身後悄聲說，「我搬來這裡了，住最裡面一間。」

但房東嚴禁房客養動物，黛比只得中夜依依不捨放睡暖暖的牠們自去，但、感情自會找到出路，尾橘很快發現黛比的住房，牠從後院找到黛比後窗的窗檯上，黛比熬夜工作時，牠便書僮一樣趴睡在窗外陪伴，有時還聊個兩句。

我知道那天很快就會來，只沉住氣默默的扮演著知情的共犯。

一日，黛比傳給我的不是尾橘在窗外窗檯趴睡的照片，尾橘已登堂入室睡在她被堆裡啦！黛比立即又掉入患得患失的心情，難以決定她去上班的白日或尾橘一覺醒來面門坐著（再再明顯表示要外出）的時候，到底該不該讓牠出去？

我以經驗答，街貓出身的牠，很難關得住，便依牠意願並讓牠知道能出去、這樣牠會願意再進來的，只是此中要學習著承受任何可能發生在牠身上的風險，那、是自由的代價啊。

如今的尾橘，我每在剛入夜例行的餵街貓時，見牠已等候在黛比門前的摩托車上，我總問候一聲「在等黛比呀？」牠總行禮如儀的回我「是呀」，難怪黛比下了班總手刀奔回，我每隔幾天便接黛比拍的尾橘各種可愛照片，與跳跳虎共眠、趴睡在她電腦鍵盤上、兩人臉貼臉的自拍、目送黛比上班遠去的身影……，影片中黛比不時輕聲呼喚牠「尾仔」，好似那劉嘉玲（切我哪聽過！）或影迷呼喚梁朝偉的聲腔。

是我有幸目睹過最美好的一則街貓與人族相遇的城市傳奇。

二〇一七年六月二十七日

橘家

橘家是三隻橘虎斑姊弟，如同絕大部分的流浪貓，父不詳母不詳，如同飄蓬種子，一場雨後，三朵小香菇簇生著。

說父不詳似乎不怎麼精確，我們這廣袤鄰淺山區的山坡，從上世紀末以來一直有一支橘虎斑的族裔隱隱存在，說隱隱，是因為我們的TNR做得很徹底，不該再有源源不絕的新貓出現，之後歷經數年查訪，大約是山頂的豪宅區有未絕育的貓家族，對此漏洞我們甚為苦惱，因該豪宅社區門禁森嚴，進入不易，又數家早已移民他去，留下的荒草庭園空屋，最宜於貓兒定居。

上述狀況，是我們曾應社區住委會總幹事要求進入社區才得知的，我們先後協助移開兩窩小奶貓至中途愛媽處（長大了再認養），將母貓絕育放回，並教會他們自己如何做TNR。

但牠們未被整個社區居民支持，因此做得不徹底，以致斷續有剛長成的年輕小橘貓下山另闢疆土。牠們都風度翩翩，且騎士精神十足，餵食時，會違反本能的禮讓老弱婦孺先吃，自己守在一旁警戒著，如此很快就被拱為該區貓大王（原來喜歡明君是動物包括人的天性啊），牠們與人往來也和善平等，會社交寒暄幾句，老病至我們家尋求援助時，也分寸有禮，絕不白目的與前來捍衛家園的家貓胡亂爭鬥。

我們陸續與這支血脈的公貓們打過交道，但通常都不超過三五年（車禍、狗咬、腎病、口炎、人虐⋯⋯），偶爾，我會陷入猶豫矛盾，到底該不該這麼徹底的結紮這系血脈，因為著實我喜歡極了這支貓族裔的朋友。

○七年夏天，有附近社區籃球場打籃球的國中男生以紙箱裝了一隻大約兩個多月大的橘貓來求助，說牠蹲在球場邊的花壇裡，看著好可憐。牠確實可憐，濃鼻涕眼屎，一看就知上呼吸道嚴重感染，我們照例先送到動物醫院清理並檢查牠的健康狀況。

牠的眼睛清理乾淨，是隻鬥雞眼喵子，牠的病況需要照養，我們做不來中途（通常貓在我們家住超過一夜，就別送人了），依其毛色取名橘子。

橘子異於其他貓的行止是，一聽塑膠袋的窸窣聲就會激動前來哪怕原在熟睡中，牠且會嗅聞甚至吃桌上的水果，不久我拼湊出牠的童年，才知那是牠們仨每日在社區廚餘桶旁等候尋覓那日的食物所養成的習慣。

說拼湊，是因常在我們山坡拍街貓的KT照眼認出牠曾與另兩隻小橘貓並肩蹲在花壇上，三人都各掛著一條濃鼻涕。

哇，另外兩隻呢？可到了適婚生育年齡？我們這個做TNR的志工頓時腦裡警鈴大作。

我們太過慮了，因為沒多久，國小的餵食點裡，出現了一隻與橘子年齡身形相仿的橘貓，我們喊牠橘兄弟，又是一隻斯文有禮的橘貓，牠與原在地的白小孩、白爸爸、歐（黑）媽媽和平相處，惟不知如何表達牠的熱情，我有時等牠們用餐之際（以便收拾剩食），走走操場，牠總就寧可不吃，像隻小狗似的尾隨著我腳邊走，我邊走邊喚牠名字「阿兄兄」，牠嗨起來，蹭我幾下、在差點絆倒我中，咬了我小腿一口，那是貓族間互相理毛中不時啃咬對方的親愛表示，我儘管痛，當然不責怪牠，只繼續走了半圈，覺得腳跟與涼鞋間有水聲，路燈下一看，腿肚血流如注至涼鞋內都汪著了。

後來才知清早負責餵牠們的寶猜也被兄兄咬過，牠是我們餵街貓多年來，唯一咬傷過我們的。

至於姊姊呢，同時候牠出現在某戶人家的戶外車庫雜物堆棧裡，很瘦，故名瘦橘子，我餵牠十年（至今年五月車禍死），連抓牠結紮拍照建檔那次，一共只見牠不超過五次。牠極謹慎機警，我們每晚在牠的地盤車底放置水糧時，只隱隱感覺牠就在近處，我總不放棄的大聲喊「瘦橘子好乖」，想讓牠知道自己的名字，以免萬一有哪天受困在人居處時喊牠而牠不知。

橘子與我相伴七年，二〇一四年夏被遠來的浪犬群咬傷，死在手術台上，這一段，我寫在我的《三十三年夢》末章中，恕我無法再以筆重述這一段。

至於兄弟，牠似不宜戶外生存，下雨天的晚上，其他貓總能毛尖微濕來吃餐，只牠，總像哪裡撈出來的浸個透，邊打噴嚏邊塞鼻子的出現，終在一次明顯生病時被我們抓去看病並被診斷出是腎衰，我們決定把牠帶回家並每日打皮下點滴，治療和控制飲食（低蛋白、補

橘子。

充鐵劑、降磷、保護黏膜等藥物），橘兄弟得此醫療，生活品質正常的又活了兩年，直至二〇一五年初。

關於流浪動物的醫療，我們多年經驗是，動物和人得各走一半才有機會，有幾隻野性強的街貓待健康有狀況時（通常是不吃），若拒食投藥又無法誘捕送醫（弔詭的是，如何以食物誘捕一隻不再肯吃東西的動物），只能一天一天知道牠躲不遠處、看著我們做著牠平日等待一天等待一生那最重要的放水放糧而不出。曾有一隻聰慧美麗的老母貓，便如此偷偷角落看著我們長達兩三星期到再也沒出現，這段時間對牠對我們都是凌遲。終有一天，伴我餵食的唐諾在夜黯的校園角落唱起《貓》劇裡的那首老貓唱的〈Memory〉，幸虧是在黑夜，我和老貓媽媽的淚水不會被看到。

橘兄弟在我們家的兩年，總大派的在沙發上，自在得好像牠生來就在這屋裡，當然牠偶爾仍會夜深忽夢少年事的偷回牠那生活了大半輩子的國小後園的擋土牆山坡傻坐。

再禮貌的貓仍不喜歡被針扎打皮下，牠每見操針的海盟和負責保定的我或天文一合體出現，便知不妙，只牠從不拔腿逃竄，不改斯文有禮的一步一步慢動作抱歉著告退，當然總被我們在院子及時一把撈回。

二〇一五年二月十五日，橘兄弟在不肯吃喝兩整天、第一波寒流來的晚上走的，走時天文陪伴在旁，是我們有過際遇的屋裡屋外貓中走得最不孤單的。

我之所以清楚記得那日子，是因為牠瀕離前，我正接到好友尹乃菁電話、告訴我老友王宣一下午在義大利旅途中猝逝，此後甚長一段時間，我掉入到一個奇異的心境糾結裡，「好可憐啊橘兄弟——不宣一才更可憐。」「宣一真可憐——唉橘兄弟才真的可憐。」

沒想到，竟是她牠們因此各分走了我一半的悲傷。

至於那從未進過人居的姊姊瘦橘子呢？我每晚餵牠時，牠依然躲在暗影裡，天知道我多想看牠一眼（望能從牠身上看見不在了的橘子和橘兄弟的身影），又希望牠繼續保持這讓牠長命存活的機警和野性。

放完水糧，我總自言自語望空一句，「橘媽媽，我真的有對得起你喲……」

二〇一七年六月二十七日

斑斑粉絲團

「斑斑粉絲團」是我的 Line 中最活躍的一個群組，早也叮咚晚也叮咚，群組成員十二，男女老少職業殊異，所傳內容無非「晚點名：這隻吃了、那隻沒出現、或出現了胃口不佳，請各位持續觀察」……

先來說粉絲團以之為名的「斑斑」，斑斑是一隻灰虎斑大公貓，約十多年前出現在山坡，牠和善親人，立即被我們發現牠已絕育但沒剪耳做記，所以可能是出遊太久太遠找不到家的曾經家貓。

關於灰虎斑，沒有一隻不美的，若愛媽或中途撿到一窩小虎斑，大約都會暗自鬆口氣，因牠們是認養率最高的搶手貨。斑斑就是這款的貓，挺

斑斑。

拔俊美，喜與人社交，只有浪貓的瀟灑悠遊，沒有半點浪貓的狼狽，所以牠很快的擄獲山坡社區一群鐵粉。

斑斑有一陣子會登堂入室到我們家客廳餐桌上與眾貓一起用餐，牠一來結紮無強烈雄性氣味，二來性情溫良，與我們家的男女老少貓們平和相處全無衝突，我們幾乎已把牠算做我們家彼時的第十七或十八隻貓了。

天氣晴朗時，斑斑常在社區花壇睡過頭，錯過用餐時間的一跳進我們家紗門就「喔喔喔」發出「糟糕錯過午餐了」的聲音，人族我們沒有一次不聞聲專程前來為牠備飯。

兩年多後，牠中斷了幾日沒出現，我們尋遍山坡、發現牠臥縮在路邊車下，明顯脫長了後腿，是遭車撞了。

斑斑住院了兩個月，打石膏，戴頭套，絲毫沒有一般街貓住院關籠受困時的緊張到不吃不喝不拉，我們更確定牠曾是與人族一起住過並經驗良好的家貓。此期間，斑斑的鐵粉們聞訊紛紛自動排班，輪流著每天帶好吃的去探病，並堅持與我們一起分擔牠的住院醫療費用。

因為斑斑，我們尋獲了里內的第三位貓志工寶猜，之前的幾年，儘管我們以里為單位，已加入了「台北市街貓TNR計畫」，但受過訓練並領有志工證的始終是一號我二號天文，是這樣的，通常街貓能或願意待在一個社區或一條巷弄，必定是有人族在暗中餵或餵紮，說暗中是因為在不友善的地區，貓志工往往只敢月黑風高偷偷出來餵貓，以免遭厭憎貓的鄰人橫加數落或羞辱或威脅恐嚇或甚至動粗，況且貓人貓性（相對我其他照護浪犬的陽光、合群、活潑開朗的狗志工友人），貓人個個孤僻，獨來獨往，要找出並召喚他她們一起團戰，其難度簡直不下於找出一隻街貓。

寶猜長我們個幾歲，原只是習慣晨起運動、並在回家做早餐展開忙碌的一天前，在便利商店裡靜靜悠閒看報的中年女子，她很快發現里內的貓蹤，自然的開始餵食清晨的那一攤，我們餵晚間，此中如有貓行蹤不明或健康有恙或新來棄貓，我們就彼此通報一聲。惟寶猜是餵清晨，幾次遭車禍、狗咬、路倒的貓都她遇到，她總默默念經陪伴，直至天亮再找我們一起處理。是故有很長一段時間，寶猜是我們奇特的友人，只有在她面前，我們才會不加掩蓋的放聲大哭、淚崩，為那默默來世一場只有我們見證並記得的生命……（是吧，寶猜，我從沒忘記白小孩、大橘橘、小肥黃、麵粉、六灰灰、烏鴉鴉、白媽媽、白阿嬤、土豆、白多多、黃多多、瘦橘子……）

循此途徑，每在山坡上的封閉型社區有街貓糾紛而我們必須介入時，也一一陸續找出了ＸＸ庭園的國雲、ＸＸ山莊的翠珊與麗英、敦南ＸＸ的慧美……（ＴＮＲ中最難且最重要的是Ｒ，原地放回，除了放回後的持續照護、與社區居民的溝通並據理據法的說明ＴＮＲ的意義和精神、必能使得當地居民進而整個社會了解和寬容）。

便在一次聚會中，麗英說起她家中的貓，小姐與大貓，大貓在世紀初絕育不久後就外出未歸了，我們隨口問毛色和長相，莫非是斑斑?!說著一行人立即下山找斑斑。

斑斑果真是麗英世紀初離家不歸的大貓，牠還認得麗英，前來反覆磨蹭麗英，當然我們一起望向麗英「可要接牠回去？」麗英聳聳肩「看牠囉，我是連熱愛自由的男人都不留的。」

麗英離婚已十多年，獨居，逍遙自在，四處遊山玩水並兼做好幾種性質的志工。

結果斑斑仍選擇自由自在遊蕩在山坡社區和鐵粉間，直至四年前的冬天，寶猜說斑斑老了，一直拉肚子，且是躲在大樓樓梯間拉，寶猜每天尾隨巡視各個樓層幫牠清理大小便唯恐鄰居投訴，如此做到近神經衰弱，我們便聯繫已搬到坪林且養了七八隻貓的麗英，請她接斑斑回去養老吧。

麗英爽快的答應。

斑斑在麗英處自在的過了冬，過了大半年，麗英建立群組，不時傳斑斑的起居照，終於預感的那一天來臨，斑斑無病無痛的高壽離開，帶著粉絲人族們滿滿的記憶和愛和淚水。

所以我們誰都沒想改群組的名稱，就這樣吧。

關於二〇〇六年台北市政府開始實施的「街貓ＴＮＲ計畫」，我們是第一年加入的五個里之一，從第一年的抓紮四十六隻、次年的二十五隻（因有漏紮的聰明貓或新來棄養未紮的家貓）、第三年的十二隻、第四年的六隻、此後年年掛零至今，以此類推，ＴＮＲ是有效且人道的控制流浪動物的方式。

如今里內的街貓，已降至個位數，且隻隻都被周遭的居民接受甚至喜愛，我和天文有時像兩個退伍老兵般的感嘆十幾年前那些兵荒馬亂的慘烈戰事，每天擺下所有事拎著誘捕籠跑進跑出跑動物醫院、不錯過里民大會、更不放過任何在討論處置街貓去留的社區住委大會……至跑散人形，「幸虧那時我們還年輕」，我們說的年輕也都已近五十歲了。

二〇一七年初，我們發現深夜時的國小有人在餵灰白白和小黑白，哇他們的餵食真像人族的野餐，盤盤碗碗飲水，澎湃得連我都想坐下來共餐。我和天文看了百感交集，想起打仗的那些年，一晚要餵食近五十隻街貓，竭盡所能也無法讓牠們享有如此的豐盛待遇。他們這兩位人族是年輕夫妻小乖和徐多，資訊充沛一步到位的飲水中加離胺酸、食物中加益生菌，難怪小黑白的皮毛像殺人鯨似的油光水滑，也由於國小前的下坡車速是惡名昭彰的街貓殺手，乖子夫妻和另一對年輕夫妻童童和小楊極富耐心的花了半年時光分別將小黑白和灰白白帶回家同居了。

但仍有九隻貓在外悠遊，包括最年長的窕窕、最年輕的虎呼、最弱的獨眼貓大頭，再再的無時無刻不揪人心，我每必要在群組看了寶猜的早點名、乖子的晚點名，才能放心展開一日生活或安眠。

年初，乖子他們四人去動保處參加了志工訓練並取得志工證（耶我們里的志工人數總算突破個位數了！），我們帶著他們操作誘捕籠、帶街貓去看病和絕育和走完公文流程，他們學習力極強，很快就能獨立作業。街貓數的有效下降，使得新的志工的照顧街貓可以做得更精緻更高規，對此，我和天文亦喜亦悲，因為，每一隻街貓的離去，絕少像斑斑的壽終寧靜如秋葉飄落，而是一個個耗盡人淚水的故事。

因此，身為資深動保志工的我，可有任何要提醒或必要的經驗承傳可殷殷相告給年輕志工的？有的，要想辦法把心臟鍛鍊得很強很強、金剛不壞，不然，是經不起一次一次的心碎的。

（天音：金剛不壞的人是不會為微小的生命起心動念並伸手的吧。）

二〇一八年五月八日

人族

他們倆

《他們在島嶼寫作》系列三紀錄片中的《文學朱家》開始拍攝工作已大半年，劇組頻頻向我們索討家庭相片，更好有我們幼時父母懷抱我們的老照片，因父親走了二十一年，母親兩年，「傳主」的影音素材實在太缺乏了。

其實何須找，我憑記憶就知是搜羅不到他們想要的那天倫照片，因為老相簿中半世紀前的黑白照片裡，全是母親抱著貓或狗，一旁次第蹲坐著也抱著貓或狗的三歲一歲的天文和我。

早說過，這一世我來這家時，家庭成員就不是只有父親母親和姊姊天文，而是還有比我早加入他們的貓大哥狗大姊在。

母親愛狗，她剛滿二十歲偷偷離家奔赴父親之際，最捨不得是家裡的德國狼犬莎莎。

所以並沒有一張別人家都有的母親抱幼孩兒的老照片，我這麼告訴劇組，連萬分之一的幽微哀怨都沒有，只是感到要他人了解並接受這事實有一點為難。

父親愛貓，不少他的受訪照中膝上總有酣睡的貓，多年前訪問過他的曹又方還描述過他在訪談中惟恐打擾到沉睡中的貓的如何小心翼翼變換久坐的姿勢。

（我後來也發覺喜歡狗的人、狗人，較開朗、陽光、自我較大、喜歡狗狗的叫得來、極致就是政治人物的大多喜歡狗，好似肯聽命的群眾；貓人大多是藝術創作的人，本身不比貓兒不孤僻，喜歡觀察並欣賞那完整獨立叫也叫不來的野性生命。）

因此媽媽總是連買個菜也可以帶隻市場裡討生活的小孤兒狗回家，爸爸也總有同事友人這隻那隻的小貓塞來。（唉，還沒給貓絕育的年代，簡直不知該說是幸福還是悲慘？）那也別說我們姊妹仨了，更是理直氣壯不時放學路上拾隻小狗小貓回。

母親與丁丁。

我曾在一篇〈最好的時光〉寫過，那時人們普遍貧窮，卻不怎麼計較牠們的存在，總會留一口飯、一口水、一條活路給無家的牠們。

當時的他們倆，年紀小過我現在最要好的年輕友人，他們以微薄的薪水和稿費，養三個小孩，一堆貓狗，更大堆的單身友人，從不見憂色。（多年後，我聽老一輩的叔叔伯伯們和與我們同輩的友人常說，那時週末去朱家打牙祭是貧窮年代上不起館子的最大樂事。）

到現在，我仍然想不清楚，到底年輕的他們倆是把那些還沒成家的友人和對文學抱著誠摯崇高夢想的年輕學生，也當成流浪貓狗嗎（喂！），或是把浪貓浪狗們也當成友人，二十四小時不歇的永遠敞開門歡迎光臨。

那時我們住的內湖眷村，客廳連餐廳只四坪不到吧，陽春的沙發通常是狗狗眠床，客人來了，瘦的、不怕狗的，就打商量與牠們擠出個小小一席之地；有那怕狗的、個子大的叔叔伯伯，我們只得暫時請狗狗下座，我記得那時他們常爭論到面紅耳赤（現代詩論戰？），洛夫叔叔突然說「這阿狼長得好，笑嘻嘻的」，殊不知坐他前頭三不五時握手的阿狼，是向他討位子（和位子挖了個洞藏的老骨頭），後來我們把有同樣笑臉的阿狼之子送給了洛夫叔叔家，他為小狗命名為「奴奴」。

不願意將感情虛擲給不值的人

痖弦叔叔在愛荷華國際作家工作坊的那三年，橋橋阿姨想念他時就來我們家探看一隻名叫包包的狗，橋橋阿姨說包包那對雙眼皮甚深的自來笑眼「跟王慶麟一模一樣」。

顯然的，我們姊妹仨都無法也沒能夠承繼他們的這種不計後果不求回報不設防不設限的熱情慷慨，姊姊天文妹妹天衣各有不同的理由，我只負責說明自己，也許我沒有宗教信仰，無法像他們倆和祂一樣「讓陽光照好人也照壞人，降雨給義人也給惡人」，我不願意將感情虛擲給不值的人，我在意且計較並勤於分辨好人壞人惡人義人，深以為若對「壞人」一視同仁，那要拿什麼去對待「好人」呢？

因此我們變得日益孤僻，加上同屋的謝氏父子都亞斯伯格星人，樂得一個人都不理，往來的友人比我們的邦交國數目還少，有時我和天文會感嘆（通常是又在文中寫了險刻寡恩的話）「哇，我們把祖產都花光了。」說的祖產是他們那寬厚待人所積累的他人對我們的善意溫暖和容忍。

我們真成了十足的不肖子孫，子不似父之謂的「不肖」。

至於那「祖產」，從小父母說不止一次：「妳們將來的嫁妝就是念書，能念到什麼地步我們都會想辦法。」這觀念是上一個世紀初山東農民的我爺爺對姑姑們說過的。（沒嫁妝？哎，這我們望望藏著阿狼寶藏的破沙發和家徒四壁，倒也看得出來。）

大約十年前吧，我們正在里內如火如荼的做街貓ＴＮＲ，後山坡的社區林Ｘ大道，一對剛被我們結紮的三花姊妹好親人，常常躺臥在社區開放空間的花壇、人行步道上，討居民喜也討一些居民說不出理由的嫌，便有住委會副主委女士，長相聲音和珠光寶氣的打扮酷似我們那前前總統夫人，不顧我們幾番溝通說明（我們是本市「街貓ＴＮＲ計畫」的示範里，姊妹已結紮剪耳、除蚤、打狂犬病疫苗、志工乾淨餵食……），執意下令社區警衛抓了她們，裝箱、封死，幸虧有另外熟識我們在做ＴＮＲ的傑克警衛緊急通知，我們在他們要處置姊妹貓的前一刻搶下，先帶回家。

當晚，和天文赴一個老友預訂的餐聚，沒想到席上有老友結識的新友人帶著一干女弟子前來，新友人是美食界師父，女弟子們跟隨他這幾年吃遍國內外美食，那晚，他們正津津樂道即將前往的西班牙或法國的哪一家米其林三星。我和天文心底掛著搶救下、命運未卜的姊妹貓，格格不入至恍神著，些許恍神的還有美食師父，他自信的飲讌談笑之間，一定大惑不解為何一切如常卻收服不了我們。

如今的姊妹貓，是我們家最穩定不怕生的「公關貓」，任何生人來都不跑，還會寒暄社交，只是太胖了，是她們當街貓時被喜愛的社區居民國中生割愛餵了太多鹽酥雞所致，天文有一篇寫她們的〈從蘿莉塔變成小甜甜布蘭妮〉為證。

至於我們呢，依然過著那「不知他們倆今天還活著的話，會如何看待我們？」的生活。

二〇一九年六月十日

貓志工天文

「好妹妹，不分離，在天上，鳥一比，在地上，保護你，你要往東，我不往西……」

這首簡單的兒歌，是我父親當年教才一歲半就當姊姊了的天文嬰兒唱的，我猜，那是四九年隨軍隻身來台的父親滿滿的心情投射吧，因排行老么的他原有八個哥哥姊姊，卻四十年再不得見。

但，我和姊姊說到做到，如同那首兒歌，我們從未分離，共居一屋，除了她出國或我出國。她未婚，我結婚生子仍賴住在家裡，我們是世上最好的朋友，天文說我是她的諍友，總直言無諱到讓她有時難以消受，她也叫我快遞小弟，因為不常出門的她，所有繳費、購物、修理小物件、郵寄……都委我辦理；我也不客氣，把她當祕書，有時訪談或編輯需某資料或老照片，我只消一通電話，晚上回家她立即奉上。

我們共享彼此人生和生活所有的大小悲歡，直至二〇一一年間。

先說說之前天文的生活，我們倆是受過台北市政府動保處訓練並領有志工證的志工，我是ＸＸ里一號，她二號，在其他三四五六號志工被找出並組織起來前，我們擔起這幅員廣大的淺山區里的所有街貓事務，從風雨無阻每日定點餵食、捕捉絕育、醫療、與居民溝通（參加一場場我偷偷稱之為暴民大會的住委會和里民大會），到有時橫向支援其他發展還不成熟的里的動保事務……，凡此種種，無非希望還在試行中的「街貓ＴＮＲ捕捉絕育回置計畫」政策能成功，並及早擴及整個台北市、其他六都，翻轉現行捕捉撲殺的流浪動物政策。

兩行字就可說完的工作，完全占去我們的所有時間，我向來行事大寫意，還可殘餘一丁點時間兼顧其他，工筆性格的天文，常常自言得「小跑步」才得做完這些每日例行的工作。

幾近停筆而其實處在創作黃金盛年的天文，每天只得擠出傍晚兩小時，到捷運站對面的小七臨窗買杯熱拿鐵，攤開筆記本，而其實那正是我回家的時刻，幾次我路過見她困乏極的伏案或扶額瞌睡著，我總臨窗拍個一兩張，晚上回家警告她，在這人人有手機皆狗仔的年代，凡事小心些好，免得哪日上八卦新聞「資深女作家恍神睡倒超商如街友」。

貓雷達超強的天文，很快發現她日日前往小七的依山違建區內有貓況不佳的貓群，她遂每日帶著貓糧罐頭水道具餵食（最終目的是為了能掌握牠們的行蹤並做ＴＮＲ），牠們，是一隻生養眾多精疲力竭的瘦弱貓媽媽和三五隻大小不一、大約是之前數胎留下的倖存貓，食物來源大約是路邊機車行員工吃剩的便當。

天文在餵食期間，曾路遇一位同為我們里民的自然寫作作家，興奮的表示他已觀察此貓群兩年，熱烈的敘述這貓媽媽歷年生的貓仔是如何的遭車禍、狗咬、營養不良、病死，但不建議天文介入做絕育，因為那就「不自然」了。

但這已是一個人族嚴重介入、甚至占盡一切資源的不再自然的現實了不是嗎？既然介入了，就好好介入吧。

天文為了避免那些終將注定餓死病死車禍死的小生命徒然來世一場，依然按著TNR的SOP進行，每天傍晚大包小包比她筆記本和書重多了的餵貓道具前往，她說經訪談周邊鄰居，才知道靠山的空屋處有更多的貓群，而且都是奶貓，所以，還有其他生育盛年的母貓！整個的得與時間賽跑了。

天文偶爾會跟我說那些小貓小金、小賓士會如何在她蹲著餵食時把她當樹爬的一隻蹲頭頂一隻蹲肩膀，還有屋頂那家子的XX、XX、XX……

天文總說說就煞車，知道我沒想聽、沒想知道、沒想記得，這可能大異於別人以為我們的「愛貓成癡」，我們做這些哪是愛不愛的問題，而完全是出於不忍之心，所以越少牽掛越好，知道了看到了，就是一場懸念情緣，我以為，我在里內照護的四十幾隻街貓、家中的近二十隻貓，我的心臟已無法負荷。

所以，山邊的貓完全由天文一人獨擔獨撐，我再不肯與她分憂解勞，只見偶爾她自言自語：「小金兩天不吃飯不知怎麼了？」「白婆婆在屋頂掛著口水都不下來吃，可能是口炎，都抓不到怎麼辦？」乃至偶爾背過身去抹淚。

此期間，我對問候天文近況的友人說：「我彷彿見她一步一步走向無光之所在。」是的，颱風天，我好怕她那餵貓點會有土石流（那裡一下大雨就立即匯成小溪流）；風雨無人的黑夜，我好怕專心蹲在那餵貓失了警戒的天文碰到變態歹人；超過時間太久又打手機沒接時，我已腦補她遇不測的各種畫面而只好狂奔下山到十分鐘腳程的那山邊。

儘管如此，我仍自保的不願捲入她的獨立照顧那十六七隻貓。

這樣兩三年，她獨力抓了幾隻母貓去絕育（說獨力是，天知道要拎那好重的誘捕籠走十分鐘上下坡是什麼意思，而且一隻聰明的母貓可能要費上幾個晚上的工），但其他小母貓成長的速度不等人，天文簡直陷入海克利斯的十二項苦役般的沒完沒了，我每天見她黃昏整裝出門（終年穿雨鞋、如小叮噹有口袋的圍裙，圍裙裡放各式的藥膏藥水膠囊、荒野女神醫的可視牠們狀況隨時投藥），我既心虛、也更堅定心智不隨她去，自我解釋誰叫她的心臟比我要強。

終於，我沒做到嬰兒時父親期許我們的「不分離」。

我們如此「分離」了數年，二〇一五年初，天文終於遇到住民永慧，永慧小我們一世代，長得高大健美、好似我那金牛座的妹妹的地母性格，惟她在愛買工作，早出晚歸，下班盤點結帳完回家，只能有時間餵餵附近的街貓而無暇做抓紮工作，她比那位自然寫作家要真正清楚多了貓群們的家族樹和流變，窄小的家中也收有數隻殘廢的浪貓和浪犬，她和天文一拍即合，兩人合作抓紮街貓，終在二〇一六年初一隻沒少的全數紮完。

永慧非常獨立，分工運送貓去動物醫院時，可以身揹一只貓袋、摩托車前兩個貓籠，她有時聽我和天文討論有些討厭動物的鄰居的惡言惡行日後該如何應對時，她說：「我都站在巷口、三七步，大嗓門宣告，監視器都拍到是誰下毒的，以後這裡的貓狗有個三長兩短，我斷你腳筋！」見我和天文面露些微訝異，她說：「我比你們大隻我可以這樣做。」從此那裡倒也平靜無事。

我說服天文，該區既紮了也有永慧照護，可挪出時間做些別的（如她自二〇一二年著手的貓書也許能影響更多流浪動物的生命處境吧），天文咬牙做到了，我知道那多難，心中不時的那幅鮮活的畫面：視她如大樹的小金、待醫療卻死不下屋頂吃藥的白婆婆……，都是活生生、與一己生命已經交纏如藤如樹根、再無法分割的了。

如今那些貓群呢？

我每隔一兩天一定看永慧的臉書，看她正照顧的一窩接一窩餵奶中的小奶貓、救援車禍、受傷的街貓（這完全靠她櫃姐的薪水！），我總轉告知天文，永慧有餘力做這些，代表那些貓群一定很好很穩定，不必掛心。

而我，試著撿起那首兒歌：「好妹妹，不分離，在天上，鳥一比，在地上，保護你……」在我們姊妹步往暮年之際，我重新努力著。

二〇一七年七月十七日

她們姊妹仨

黃家姊妹仨，其實我只與排行二、三的宗慧、宗潔熟，至於在香港中文大學教書的大姊宗儀至今沒見過。

一年多來，我寫這些為動物並肩作戰的文章，怎麼樣她們不在第一也該在前二三出現，只因，她們都元氣十足、堅韌耐挫（至多臉書不時發發黑暗文自療自癒）、有超好的筆和發布管道，自能不斷發聲和發揮影響力，我可暫時「野放」她們。

我先認識宗慧的，她整整小我十歲，美麗聰明孤傲（這是在說一隻令人難忘的母貓嗎），她當時已在台大外文系任教，除了教學研究專業外，另外始終著力在「動物與文學」的通識課程。

她開課初期，曾豪勇的擇可容兩百人的空間講課，廣納學生，完全不考慮之後看作業批考卷的嚴重後果。她如此的瘋狂是因為暗自盤算過，若學生裡只要有十分之一（夠謙卑了吧）被她感動乃至去實踐動物保護工作，或甚至認養一兩隻浪貓浪狗，那就太好啦。

她想得美（我無意笑她，因這些都是她親口告訴我的），因為這些幾未發生，反倒這些人生勝利組的學生缺乏接觸更遑論關注邊緣弱勢的「何不食肉糜」反應，再再嚴酷考驗她的信念。

於是我答應她的呼群保義邀約，每年到她通識堂上講兩小時課。無論宗慧開場如何介紹我，我總明確的再次自我介紹，我是以一個領有台北市動保志工證的志工身分講述我和其他動保志工們在做著的工作和永遠沒停止的議題（如浪浪的TNR、催生動保司、捕獸鋏入法、增修動保法、動保警察、野保和TNR志工的論戰……）

其實我的講課內容主軸變異不大，只與時俱進的增添一些活生生血淋淋的案例，不知不覺，這彷彿一則感情教育的試劑，測試著學生們的變異，才十年，從開始兩三年的場場台上台下落淚成一片（我沒有帶手帕面紙的習慣，總勞第一排的學生邊拭淚邊遞上一兩張面紙給我），到第十年的毫無表情、石碑一樣的人形立牌。最後那一場，宗慧不在場，一名精心修飾打扮、坐在階梯教室最高處俯視我的女學生，在Q＆A時發言：「ㄟ，你們這些愛媽可以怎麼樣弄弄不要看起來像流浪貓嗎？」我忍著心底的嗚咽含笑回答：「那就大家多少都做一點，或對牠們寬容些，那麼愛媽們就可以過得不像浪貓，跟你一樣優雅。」

她總在校門口等我

從此，我丟下宗慧落跑不再去了，並非出於膽怯或負氣（好吧有一點），而是還想留存丁點力氣做事，不許灰心失志。

但我多想念那與宗慧的一年一見，她總在校門口等我，帶我去次次不同的教室，我也藉此偷偷打量她（這一年來精神和身體可健康？），我們總穿著十年如一日的衣裝，肩背動保人不用皮製品而以反覆洗刷耐用的塑料 Kipling 包，短短校園內的路程，我們總速速交換著各自屋內貓屋外貓面臨的各種問題，從不需任何問候開場，彷彿昨天才聊了一下午似的，也許因為我們都沒停過發表關懷動物處境的文章所以知道彼此狀況，也許我是她臉書的忠實讀者（我特愛看她那些愛憎分明、快意人生、不討好人、甚至肯定惹惱學生的黑暗文），完全清楚她的哪一隻病貓、病狗、病龜、認養在屏東私人狗場的狗狗……的近況。也有一年，我們同一日分別抵成田、關西機場，此後數日分隔兩地的斷續互寄共處的一場花事。

妹妹宗潔在東華大學華文系任教，也某年找我去演講時才親得見面，她也是不放過任何教學、寫作、評論、研討會的機會著力在動保上，我每見她明明在談一個學院正經的議題卻總歪歪拐拐的又偷渡進動保議題，那股子救火隊員的勁兒，總讓遠方的我泛著淚光的失笑。

（所以，每遠遠的看著她們姊妹，總提醒我不可以老，不可以披髮入山。）

堅持只看那共同最軟的初心

宗慧、宗潔都是「台灣動物社會研究會」的成員，歷朝公部門凡動保政策諮詢甚至制定政策白皮書的團體。

他們於經濟動物、實驗動物、野生動物的扎實田調始終是既超前於我們的航標、也是推我們前行的堅實理論支撐，惟在第一線做流浪動物救援和TNR的志工來看，不免覺得他們的以動物福利質疑TNR（絕育放回風雨街頭的流浪動物會比收容所的日子好過嗎？）似缺乏溫度且陳義過高。

我是沒有參加任何組織團體的獨行人，也因此較有機會接觸聆聽主張不同的幾方的苦衷，惟也因此越發讓我堅持如隧道症似的只看那共同最軟的初心，而逃避細究主張相異處（如溫和／抗爭路線、如資源有限下的價值排序……）

這樣，才能前行不是？因為，我們但凡在爭論這些的每一秒鐘，都有不知多少生命悲慘的苟活甚或死去不等人啊。

宗慧夫妻沒有人孩，分別在國立大學任教的薪水全用在照護動物上，她告訴我曾經她是如何天天去刷摺看一筆評審費進帳了沒，只因為剛救援的一隻傷病動物需手術費。所以，我們偶遇時，總一句很像禮貌但絕不只禮貌的問候：「還好嗎？（潛台詞：還行嗎？）」是倖存者的彼此關切。

我們且都是寶可夢遊戲的四十級訓練師，我猜，除了遊戲可暫讓人脫離甚至放空沒完沒了的牽掛和傷痛，把手下的怪物們個個養得頭好壯壯，本就是我們的日常不是？

我平日寫稿的咖啡館離宗慧家一個街區，於是有那麼一日，宗慧家巷口的道館黃豔豔的，塔頂雄踞一隻胡地，身為偉哉大紅軍的我豈能坐視，前往點入，果真是宗慧的遊戲ＩＤ，她依然十分宗慧風格的未隨俗放那守道館的強手幸福蛋卡比獸，而放了魅惑奇譎的（玻璃大砲）胡地，我看防守時間紀錄，確認兩小時半前的宗慧還「平安健康」，於是，我含著笑、毫不猶豫、盡責、冷酷的把那隻胡地速速打掉，放上我在京都「保羅」孵出的那隻IV100威風凜凜的班吉拉保羅，誰叫我們都是寶可夢國的好公民和給力級的好朋友呢。

二〇一八年八月十四日

遇見台灣認養地圖

TNR三步驟：捕捉——結紮——放養

不只一次，公開場合或私下，我老喜歡不無誇張的描述這群在我眼中英雄一樣的人物，沒錯，在這個「別扯了，怎麼還會有英雄?!」的時代，這群人，年紀從大學生至不足三十歲的上班族，有大學講師、貿易公司職員、自由工作者等等這些在捷運上你可能不會多看一眼的正常普通人，下班時刻，他們換下皮鞋高跟鞋，穿上牛仔褲，背上擺滿了道具的背包（像要出任務的藍波或超人），拿起手機，互通報當天集合地點，而後出發。

快閃族嗎？

通常他們的集合地點是台北某一尋常的巷道、社區公園、空屋院……任務地點絕對深思熟慮，通常經過在地友人或他們自己本身長達至少月餘的田野觀察記錄——幹嘛？捕捉街貓（野貓和流浪貓）。

這才只是TNR的第一步，捕捉（trap）。

何謂TNR？「台灣認養地圖」網站 http://www.meetpets.idv.tw 上如此說明：TNR是英文 trap（捕捉）、neuter（結紮）、release（放養）的縮寫，是現今唯一經過證實能有效控制街貓數量的辦法。TNR的任務是盡可能地把一個群落（colony）的貓全部捕捉起來，施以結紮手術後，放回牠們原來生活的地方。結紮後的貓以剪去耳朵一角作為標記，原地放養後由愛心照顧者繼續提供食物及照顧，並予以觀察、記錄。如果有還來得及馴養的小貓以及親人的成貓，則幫助牠們找到合適的認養家庭。

假設一個群落超過百分之七十的成貓都能夠成功結紮，在數量的控制上便可得到立竿見影的效果。若結紮比率接近百分之百，則長期來看，街貓的數量便會逐步下降。

除此之外，街貓最令人困擾的行為，像因打架和求偶引起的哭號，以及公貓為標記地盤而噴灑尿液等問題行為，也會大大的減少。貓較無四處遷徙的習慣，因此也較不易被人察覺，牠們能夠對其活動範圍內的鼠害加以控制，對都會地區的居民來說，街貓其實是很好的鄰居。

結紮的費用只需撲殺加焚化的一半不到

這是「台灣認養地圖」引介自國外一些城市面對流浪貓狗的做法，如紐約、華盛頓特區、東京、聖地牙哥、以色列、香港南Y島……（如舊金山，在六年的TNR實施下，使得貓的安樂死比率遽降百分之七十；如卡翠娜颶風侵襲後，二〇〇六年五月期間在大紐奧良地區實行TNR達一千一百隻貓。）在台灣，我知道不少愛護動物人士憑一己之力默默做TNR好些年，當然包括「台灣認養地圖」這些成員，我從我們共同的獸醫那裡知道，他們每個人領了月薪之後的盤算是：扣除房租、生活費和必要花費之外，嗯這個月可以——買個LV包包或換個新手機？——結紮幾隻街貓。

那麼政府在哪裡？目前政府的資源花在捕捉、收容（七至十日）、撲殺、焚化。

如果採用TNR的話，政府的配備和預算可以不變（甚至降低），結紮的費用只需撲殺加焚化的一半不到，而最困難的捕捉部分，當愛護動物人士知道這些動物捕捉後是生路而非死路一條，將一改阻撓破壞的態度而全力協助零星、低效率、捕捉方式不人道的環保局人員，最重要的，整個社會對待友伴動物的肅殺暴戾之氣將翻轉為尊重生命的友善氣氛，我以為對於我們這個大價值崩毀，已少有好消息好事發生的地方，將是一次很正面的經驗。

這些會太陳義過高嗎？我便聽過國內最大的宗教慈善團體斥責：「人都活不了了還動物！」用以拒絕該校學生在校園內做流浪狗的TNR。

我不明白，對流浪動物的關懷和措意弱勢人族有什麼衝突，我甚至必須藉用中世紀的神學家湯瑪斯．阿奎納的話：「對動物殘忍的人，對人也會殘忍。」

我親睹這些可能「陳義過高」的英雄們的驚人實踐力。他們每一個人都親身進動檢所做或長或短的義工，在磨人心志如同修行的照料收容動物裡（完全不問此時此際在全心照養的小奶貓明天可能就不見了，也許被認養，更可能被安樂死），一來實際分勞，二來與公部門的公務員建立工作情誼，如我們略知的，各地方政府的流浪動物收容中心都非常排斥動保義工團體的加入，覺得他們一定會藉以對外抨擊疏失或弊端，而「台灣認養地圖」的成員世故的要求自己只做不說，長時間下來，公務人員發現義工可以彌補人力不足，而且義工當班時的熱誠，竟可將認養率明顯提高數倍。

「不能改變現狀的事我是不做的。」

我曾參加過「台灣認養地圖」所辦的幾次座談會，他們浪漫情感的話一句也不多說，捕貓籠拎上講台，講解著基本使用方法和多次實戰中的祕笈，包括用哪樣的誘餌，包括研發改進的遙控裝置等等。後來，我才知道人群中靜靜坐著一名長髮女子是動檢所的公務人員。

「不能改變現狀的事我是不做的。」這話出自「台灣認養地圖」版主KT，對於如此不厭其煩細節的實踐的他們，這話不免教我略微吃驚。KT說，以前一隻待認養的貓大約一天可以有三十通詢問電話，現在是，三十天才會有一通電話，意思是，願意、能收養的人已經飽和，若不從源頭處著手，現狀是改變不了、甚至更糟的，所以他們會在別的動保團體尚在做認養、中途的同時，率先（二〇〇三年）找尋並研究國外做法，翻譯並引進TNR資訊。

這群極力互相提醒彼此保持正常工作，先養得活自己、公益才做得長的小我一大世代的小孩，我難免好奇、擔心他們的經費，他們世故的不把偶爾會天上掉下來的零星捐款視作工作之必須，他們設計貓圖案的T恤、手錶、月曆……還堪用。他們並不因覺得做的事情了不起而認為人人、整個社會欠他們。

同樣被他們驚人的實踐力給感動嗎？動檢所的公務人員竟然肯改變多一事不如少一事的公務員心態，在數個深夜實際參與捕捉行動和了解「台灣認養地圖」所做的一些聚落的統計模型後，上了公文給市長，而後公文竟也給批下，先在師大圖書館背後的錦安里和大安國宅的新龍里試辦TNR，一年後若有成效，將說服議會在整個台北市實施。

這當然不是一個happy ending，而是真正艱困工作的開始，機會珍貴，只能成功不能失敗。尤其在此尚未形成公部門政策法令的晦暗空窗期，「台灣認養地圖」還得扮演宣傳教育的角色，讓社區居民了解並願意接受，這我是十分感同身受的。我住的文山區興昌里與在試行中的前兩個里一樣，都是所謂的教育水準較高的文教區，我們長期自行在做TNR的同時，每隔數日都要發生與居民的溝通、辯論，比方說，她會說：「反正人活不下去都知道帶小孩去自殺，你不餵牠們，牠們也可以死啊。」

幸虧我們非常有進步意識的里長張小苑不怕麻煩的為此召開里民大會，並一定要鄰長們參加，鄰長大部分是退休、有閒的外省伯伯們，會前他們一知道主題，不以為然又覺好笑的說：「唉呀，抗戰看過多少死人，幾隻貓算什麼！」

但，就是在這沒有戰爭、不會死人的時代，我們可以善用這優勢，多做一點什麼吧。

小小一個甚至不成組織的團體，撼動了公部門，使我想起房龍在《人類的故事》中言及耶穌，「這是一個帝國和一個馬槽的戰爭，奇怪的是，馬槽贏了。」

但願如此。真但願如此。

二〇〇六年七月三十一日

神雕俠侶

必定會讓某些人失望的，這篇並非在趕熱潮的談金庸或金學，我要寫的是動保圈裡我心目中的神雕俠侶。

人稱ＫＴ的這位楊過，我認識他的時候，他年未過三十，模樣好似那日本少女漫畫裡人人戀慕的學長，眼裡還閃著星芒咧，因此我不大能相信，他為何願意做這暗夜鼠輩，喔不，英雄的事。

鼠輩、英雄在其他領域判若黑白，但只有在動保圈，那些我心目中的英雄（暗夜中避開敵意的人們，餵浪貓、救援抓紮浪貓的），行動鬼祟如人人喊打的過街老鼠。

那是○五年，街貓嬰兒潮的巔峰（後來回溯這一段，估計是○三年ＳＡＲＳ時期，聞這陌生病毒色變的無知人們大量將家中未紮的貓咪棄養於外，所造成的繁殖結果），捕捉撲殺尚是處置流浪動物政策的年代，我和天文成天救火隊一樣的救援收養和抓紮街貓，終至碰到一殘酷的社區而撞牆，那離我們家不遠的社區，先在地下停車場放毒，七孔流血了十數隻貓後，中產居民怕小孩好奇誤食，要求里長做點什麼，里長將燙手山芋丟給我們，我們通過門禁森嚴的警衛進入社區庭園，倖存的一窩小貓正被關在籠子裡，無遮蔭無貓砂，牠們的媽媽和前胎的大哥哥焦慮的守在籠旁不去，我和天文請社區管委會給我們一星期時間，我們在出入的警衛室張貼公告說明若幼貓一週內未被認養、會被送至收容所、七日後再無人認養將被撲殺；至於成貓，我們會負責抓去絕育放回。

那一星期，我們天天去餵食、更換貓砂（颱風季，雨一打濕，好好的一盆貓砂竟成水泥，且和水泥一樣的重），此外我趕緊寫了一篇〈一隻興昌里小貓的告白〉給陳斐雯還在的《中時》刊登求援。

第七日，里長告訴我，有一年輕男孩（ＫＴ？）見報至她辦公室詢問此事，並表示若還沒人認養他們會接收。

同時的第七日，我們已將幼貓們送回銅鑼我外公家，由照顧外公的越南女孩照顧。這期間，警衛說並沒任何住戶詢問過貓咪去處下落，這我一點也不吃驚，因為幾天後，我接到他們住委會所發的存證信函，告知我再敢進他們社區照顧貓，會依法提告云云。

是我看過最無情殘酷的社區。

那年底，署名「台灣認養地圖」負責人的KT透過友人邀請我參加他們動保志工種子訓練營。

如此，我見到了KT，和他身旁的小龍女，小龍女葉子有一雙黑亮的眼睛，似齧齒動物特有的溫馴和善眼神令人難忘。

很快，我就發覺，真正的發動機是葉子，不自量力但毫無苦相的發動機是處女座的葉子（這樣的特質是我太熟悉了同屬處女座的姊姊天文），但她氣喘病史比我還久遠，發作起來時還得拖著氧氣筒上班，心疼她的KT原有自己的工作和興趣，為了能與葉子分勞，越做越多、越走越遠，終至踏入那無人跡之徑而無法回頭了。

多年來，葉子身邊始終有數十隻照顧著待認養的小貓，KT架設的「台灣認養地圖」網站，除了幫忙媒合認養人外，也因過程中發現國人的欠缺生命教育觀念和公部門動保政策的落後與怠惰，而擔起了教育宣導工作，例如簡潔的口號「以認養代替購買，以絕育代替撲殺」，尤其街貓的TNR（捕捉絕育放回）的觀念引進和實踐，竟成功翻轉了公部門的政策（當時的動檢所、後來的動保處的首長嚴一峰，他與具此理念和知識和實踐力的動保團體合作，以志工們為人力基礎試行TNR，是台灣最早實施以TNR取代捕捉撲殺的城市）。

短短這幾行話，我們卻都做白了頭：動保處的受訓、進而為講師、說服里長簽同意文件、參加各個大小封閉型社區的住委會大會、民間和學校有關動保議題的大小演講、游擊隊般的援助資源人力不足的愛爸愛媽們、媒體受訪，更不用說一日不可少的餵食街貓……

白了頭負了傷的老戰友

我記得好多回，我和KT倆面對即將的一場硬戰（官腔官調的官員、橫暴的居民、無力告饒的社區警衛……），我們總不約而同深深吸一口氣，戴上墨鏡（？），不，肅穆的人臉皮，只差沒一身黑西裝，像ＭＩＢ裡終日處理外星人事宜的兩位星際戰警（怎麼不是，只我們處理的是喵星人事），我們搭配絕佳，我發現他就要冷臉惡言時，就快快動之以情，他每見我熱血衝腦，就打斷說說道理和無溫度的動保法律，真可惜，我們不是推銷員，不然什麼都賣得出去。

這一埋頭，十年就過去，我們像老戰友，都白了頭都負了傷，都荒廢了自己的本業工作，我和葉子健康狀況越差（儘管如此，她絲毫沒削弱戰鬥力，還出了一本《貓中途公寓三之一號》），ＫＴ也因常時太過堅持原則，而一身「運動傷害」（與其他動團的主張、路線不合而遭否定，忘了彼此相同的那百分之九十九，而為百分之一的相異水火不容至形同陌路寇讎）。

終至一四年太陽花時期，ＫＴ一次當我面說出「資源都被你們四年級賺走，位子也被你們占光」。當場，我像隻負傷的獸怒看他一眼，他補一句「你例外」。這我才發現，我們的鴻溝遠遠超過我們的年紀差距。

後來聽說ＫＴ和葉子打算移民花蓮，那裡的空氣應該有助葉子健康的改善，這些，都是我透過臉書關注他們的移民進度所知。葉子將新居命名為貓咪永久屋，手邊的近四十隻貓不再外送（或該說，其中大部分認養被退回的貓，不知曾發生何事，從此都成了心靈和行為異常的貓），讓牠們終老於斯。

年中，他們總算正式搬家，一口氣搬將近四十隻貓的工程很難想像的，於是八月底一場花蓮的演講邀約，我爽快答應主辦單位，心底想的是，該去看看老戰友了。

貓咪永久屋裡，我認出幾隻我參與過牠們童年的貓，我多麼清楚記得牠們與母親的落魄模樣，我更記得我捕捉紮了牠們的母親、帶走斷奶但仍想依偎著母親的牠們、終止了牠們的天倫和童年……，我偷偷拭了淚，心中說著：「對不起呀……」

就如同諸多不願占用人族資源的動保人，葉子靠著做天然手工精油皂在網上販售維生、付貓咪永久屋的房貸、照護醫療貓們的所有費用……，我半點也幫不上忙，只燈下的飯桌上，邊聊天邊幫著包裝一盒盒太乙膏，並貼上寫著出品日期的貓咪圖貼。

次日，KT以主辦單位要求的在地作家身分與我有一場對談，我們多年沒在一起談動保，也許面對的是異國來訪的大學研究生，也許我們是在那中央山脈腳下，格外輕鬆，不須戴上墨鏡，不須掛上肅穆人皮，不須面對殘酷奇異的敵人……，唯老戰友的默契一如過往。

回程，車過木瓜溪，我心中默默暗念：翩然隱世的這對神鵰俠侶，KT和葉子，你們已打過美好辛苦的戰役，祝你們幸福。

二〇一八年十一月十三日

王家祥

我每天從文山區進城的路，總會有一段必須行經敦化南路，因此總不時想起我的遠方友人王家祥，尤其在這季節，因為那敦化南路二段的行道樹是台灣欒樹，整個九月，正開著黃燦燦的花，整條路都再三提醒你，金風送爽；再一個月，它們會轉成緋紅色，那是一朵朵內含種子的小蘋果一樣的蒴果。

小蘋果，那是我初見王家祥寒暄後不久，他知道我住台北，便說這季節應該是台灣欒樹結著緋紅色小蘋果形狀的蒴果的時節。

那是三十一年前的事了，時報邀請幾位應屆獲獎作家去墾丁旅遊。（家祥的〈文明荒野〉獲散文獎，我的〈十日談〉獲小說獎──啊我們是同梯！）

很快的，我發現家祥既是受邀者，也是那一趟旅程的導覽帶路者，之前一年，他以二十歲年紀獲自立報系《台北人》雜誌封面的甄選攝影獎，我記得那一幅攝影作品〈快樂〉，視角是躺靠在（一株老樹幹？）的登山客（家祥自己），舊褲舊鞋的兩腿放鬆的靠在一截橫倒在地的枯木旁，藍天（彷彿聽得到大冠鷲的唳聲）、芒草（習習山風中顫危危的）……，令人神往極了的隨興和快意。

家祥那時還是個在等兵單的森林系學生，年內連獲重要的獎項，卻絲毫心不在此，我們待了四天三夜，上山下海走遍才成立沒幾年的墾丁國家公園包括保留區南仁湖，我除了沙灘邊上常見的馬鞍藤和林投，幾乎叫不出其他植物的名字，家祥問一奉十的教我認紫花長穗木、棋盤腳、白水木……以及我老以為樹長成那樣必定不是檳榔就是椰子的台灣海棗，十年後，我將它用入我的《古都》中「也不能不有海棗、台灣海棗，否則三百多年前那些漢子們如何得以遙望著長滿台灣海棗的海岸而喊出福爾摩沙！雖然據說這是他們東行以來所命名的第十二個美麗之島。」

我記得有一天中午在南仁湖畔席地休息，臨時加入了一名山岳攝影的前輩（我不該在記他名字多年後竟想不起來了），家祥見了他恭謹孺慕如弟子，他們交換著近時才分別去過的某山、拍到了什麼沒拍到什麼、哪條路過隘口後右手第一株什麼樹岔入的蹊徑可以循摸到什麼古道的舊跡……，他們講著那兩三千公尺中央山脈間的一條山路如同自家廚房、交換的行軍密碼如此費解如此令人欣羨到想就此拋家棄子尾隨他們而去。

那趟墾丁行，於我確實是當媽媽後第一次拋家棄子的遠遊，沒手機的年代，每晚飯後我們排隊等著打電話回家，再小心不聽，我都聽到家祥電話中說：「同行有張大春朱天文朱天心，你要趕快寫，你寫得比他們都好……」那是他白天告訴過我的學姊女友吧，筆名龍雅，家祥說，「她寫得比我好幾倍。」

該年底，我們又見了一面，龍雅陪他一起來參加文學獎頒獎典禮，那時我們還有出版社，我向他們二人都約了書，家祥爽快答應，次年，交了一本小說《打領帶的貓》給我們出版。

此後是好長一段的中年，我當然不放過任何他的作品，也遠遠知道他在南部任職台灣時報副刊主編七年、同時而來的素樸的有關土地、歷史和住民的議題而非風潮，他幾乎無役不與，以筆、也以人親身實踐參與，例如有我知道和不知道的「鼓吹綠色之夢、南方綠色革命、推動衛武營公園化、中央公園綠化整頓、柴山自然公園促進會、反對興建美濃水庫、搶救小鬼湖、擦乾小鬼湖的眼淚等等環保運動」，我參考引用的是最溫暖大度的共同友人陳文發的文章，而非缺乏溫度的維基百科或百度。

最終，又間接的從共同友人處得知，他像六〇年代嬉皮一樣的隻身旅行在井上靖所寫的敦煌樓蘭的絲路……，我喟嘆著，年歲既長，知道那是在修補心中的某個大洞，而不僅僅只是追尋浪漫自由的晃蕩。

何以非如此不可

三年前，也許他和海盟的共同友人太多，他們為流浪動物訊息彼此按讚下，進一步成為臉友，我用臉書是潛水艇式的只偶爾浮出水面看看，又或像卜洛克寫的在「匿名戒酒協會」只聽不說的私探馬修．史卡德。

我看到的家祥，十四年前終於逃離南方城市，與女友到台東都蘭開背包客民宿，以為終可以實現他嚮往一生的與自然日夜共處、低限又自由的生活。

沒想到偏鄉遍地是流浪狗貓，而且都是放養或遭棄養、狀況極差的流浪狗，幾代生養下，已歸野成野犬，居民無法忍受時便以最方便殘忍的方式毒殺，無差別的放毒，往往連已被絕育和照養的浪犬也一起遭殃。從家祥日日臉書我了解，偏鄉，並沒因為空間寬闊而人心寬闊比城市願意寬容浪浪，反之，他們多少處在前現代以人為本位的狀態，「無益」的動物植物都該都必須清除。

家祥天天開車去市街載回肉販不要的剩肉剩骨、雞精工廠的肉骨殘渣、或偶爾老友寄到流浪動物協會的貓狗飼料，回程東繞西拐、依腦裡只有他知道的繁複地圖餵食四下的浪犬，待返家把海邊永遠不夠住的貓舍狗舍打掃乾淨和餵食，大半天已過。

這，都還是正常日子，所謂正常，就是沒有三十八度以上的焚風、沒有長浪險險湧至的颱風、沒有颱風將住屋掀起，他只得把狗群帶至屋裡、地上淹著到腳踝的水、人和狗只得縮腳至椅上一起睏覺的日子。

如此數年下來，女友離開了，一天只收三百元的民宿因無人照料因此無人光顧也停業了，家祥除了臉書，也停筆了（他一直是我認為台灣最具歷史意識、人文關懷、社會參與、最文學性的自然寫作者），不少人在他的臉書留言勸慰或鼓勵他，我一句話也說不出，因為物傷其類，因為知道如此處境無論勸慰、鼓勵或批評勸阻都無效，因為，家祥在一個訪談中回答何以非如此不可時說：「我不過想讓晚上能安然睡著。」

確實如此，我也曾試圖聽進老友們的勸誡，面對一隻車底嗚嗚叫的奶貓，我趴地抓牠未果，一手一臉黑油的想，或許、或許等會兒還會有更心軟的人經過救牠……而放棄。

我不知道後來到底有沒有別的心軟人經過並救了牠，我只知道，好些年我每想起這便無法入眠，到現在，十年後的現在，思之仍不安懊悔不已。

一六年夏，一位向來關注流浪動物的企業友人想在他例行的企業楷模的訪問裡偷渡此議題，我擔心他不夠清楚現在動保議題演到哪一集，便幫忙約了幾個理念相近、行動力強、風評好、CP值高的動保團體一起為他簡報，而趁此，我聯繫了家祥，要不要北上一會、說說他一人在進行的革命及其困難。

我們近三十年不見，都有了年紀和風霜的臉，既陌生又熟悉可辨，我大力緊緊的抱住家祥，我遠方的兄弟、的戰友、的心底的地藏王菩薩。

二〇一八年十月九日

忽忽

在殘酷大街上討生活，想當個好人，得先當英雄

——雷蒙・錢德勒

忽忽不是街貓，甚至不是「我的朋友」（我們只見過兩次，雖然我是她以林維筆名寫的《明明不是天使》的讀者），寫此文的這刻，她車禍顱內出血昏迷在加護病房中，醫生說她即便活著也再無法像過往一樣了。因此我自覺有義務把我知道我接觸的忽忽說予眾人聽，因為我不願意她像她照護的那些淡水街貓們，默默來，默默離開。

事情得從〇八年說起。

這麼說吧，忽忽除了作家身分，也是淡水鎮照護街貓的所謂「愛心媽媽」（不過她還真不像，我認識她時，她正處在精采人生的暫歇腳狀態，但仍是徹頭徹尾美麗強悍的野女孩），淡水老街、堤岸區的街貓們，不少已被忽忽和其他志工自費TNR（捕捉Trap，絕育Neuter，放回Return，是國外進步城市行之有年面對流浪街貓人道文明並有效的做法），只因某店家某顧客的抱怨，並向鎮公所舉發，在一個月內被清潔隊捕捉殆盡，待志工們弄清原委並趕到動物收容所時，貓咪們已遭撲殺大半。

長期在部落格用影像、用文字一則一則記錄這些淡水街貓的忽忽只得向媒體投訴，我記得〇八年九月十日的《聯合報》奇特的以頭版頭處理，一隻在堤岸邊凝坐的貓咪身影，旁書：「淡水沒街貓，還叫老街嗎？」

對於長期投注照護流浪街貓和宣導工作的我們，那一隻一隻生動、精采故事不下於人族，在殘酷的大街討生活的貓咪們，被視同垃圾一夕清除，除了心痛還是心痛，於是我和天文、運詩人、在淡水寫作散步也餵貓的舞鶴，我們自動請纓聯絡獨立書店「有河」的老闆詩人隱匿夫妻，明為朗讀動物文學，實則串聯忽忽和其他志工們，為貓咪請命。活動那天，我們要參與者都帶上一張自己拍過的淡水貓照片，紀念並證明牠們確實來世一場。

活動前幾日，我們在老街巧克力cafe開會前會，平日各行其是的志工們（餵貓的都貓性，個個獨來獨往）這才得以認識彼此，並趕忙交換資訊。「你也餵榕堤那裡？哦那圈圈餅乾是你餵的？」「那日後分工吧，渡船口為界，你餵北、我餵南，我出國時你可以幫忙嗎？」「啊不見的小白你抱回家了！」（喜極落淚）哪隻哪隻好幾天沒見大家幫忙注意，哪隻哪隻還沒結紮正發情，某家人族專堵人辱罵並打貓……咖啡店老闆說：「你們以為我那麼無聊練身體幹嘛，我只要轉轉肌肉，沒一個敢再囉嗦。」秋末還穿無袖T恤的老闆確實身架子可比健美先生。忽忽則說：「那回當我面打貓，我根本就一把把他扭進一旁警察局，說他違反動保法。」

淡水民風真強悍！不是嗎？你想在這人族占盡資源占盡便宜的殘酷大街當個保護弱者的好人，怎能不先當個英雄？

我還記得十一月十二日那天，來者擠滿了小小的「有河」書店，其中還有一八幾

淡水街貓

大個子的周錫瑋縣長，聽志工們輪番說已不在的貓咪們的故事，聽收容所內不人道的險惡環境（有些倖存的貓咪領出後很快的病死），說動保政策為何不能仿效台北市已局部開始實行的絕育代替撲殺的TNR……，還有年輕女孩志工準備了國外如地中海小島和日本某些町村、香港南丫島的貓攝影集，告訴周縣長這是觀光資源，怎會是垃圾？

活動結束，周縣長承諾在淡水鎮立即停止捕捉街貓，嘗試將之納入觀光產業一環，日後並在同樣具有觀光產業性質的如金瓜石、九份、坪林、鶯歌、平溪開始做，公部門結合民間動保力量聯手翻轉現行的流浪動物政策。

那日之後，彼此都算說到做到，公部門停止捕捉，縣府觀光局拍了一支淡水貓的宣導短片，忽忽則為倖存的貓們製作了一份「淡水貓散步」地圖傳單，從一出淡水捷運站便會遇到的大公貓「澎恰恰」起始。忽忽這樣勾勒「澎恰恰」——澎恰恰是貓國航空母艦，每晚都在阿寶麵店前睡覺，大鼻子高顴骨的乳牛貓，從捷運站到清水市場都有牠的女朋友——乃至於「有河」的駐店貓花花和巧克力，榕堤附近的精采貓家族「馬殺雞」、「馬二」、「馬三尖」、「馬小三」……忽忽充滿深情、活力四射的寫下淡水的貓家族史；我們又且一起製作「淡水有貓」的貼紙，有一度志工們在捷運站發放，讓認同，甚至專為來看貓拍貓的遊客貼胸前，好讓店家認知貓咪們其實是地方的資源，而非待清除的垃圾。

我曾有幸隨忽忽走一段她的日常餵貓路線，有一處是榕堤後的停車場周圍的荒草地，忽忽略發叫貓聲（每個餵貓人都有獨門叫法），四隻巨大灰虎斑瞬間出現（忽忽說牠們是馬殺雞家族的最年輕也是最末一代，長得太像了，一律叫小四），更教我吃驚的是，忽忽不知從哪兒變出四張西餐主菜大白瓷盤，各放妥了貓糧貓罐頭讓牠們用餐。

小四們都好有安全感的斯文用餐，餐桌禮節甚佳。通常我們都在路邊車底可避雨避狗的餵，有些地方怕附近居民抱怨招螞蟻，就至多用超市盛物的保麗龍匣，而且往往一程數十隻街貓餵下來，光貓糧飲水就夠重了，怎麼帶得動如此重的大瓷碟？忽忽說容易，說著用濕巾擦淨碟子，變魔術似的藏在附近長草叢中。這是我看過最講究的街貓用餐，忽忽是用她自己的方式讓這些街貓活得尊嚴。

年初，我在網上看到忽忽在賣家傳年菜，正像我們賣寫文字，都為了給我們遇到的街貓們一條活路。我們都從不問彼此還支撐得了嗎，儘管公部門實施ＴＮＲ後，貓咪的絕育手術費用由政府分擔，但誰都知道那只是長期照護街貓中困難最小的一部分。

那，最困難的是什麼呢？

是人族，是不喜歡不了解動物的人族的阻攔和辱罵，動輒像有人質在他們手裡的大聲恫嚇：「再餵再餵，我就毒死牠們。」或就直接捕捉密封在紙箱內，並揚言要丟在遠處山裡和河裡（這不過是上星期在文山區敦南林茵大道住委會發生的事），於是我們只要例行的時間沒餵到其中的某幾隻，便擔心被抓走了？毒殺了？或……其實有時只是寒流來了，牠找到了個溫暖的地方（地下停車場或排氣口）呼呼大睡，於是不到十度的寒夜裡，我們遊魂一樣每隔一小時就出門巡一次，必要餵到那隻錯過一天唯一一餐的街貓。

因此，我猜測，並完全相信，忽忽是在這樣一個狀態被車撞成那樣的。

而且我猜，她倒下的那一刻閃入獨居的她腦中的一定是：家裡的八隻貓怎麼辦？街上的貓怎麼辦？

若是忽忽度不過這生死大關，她真是壯烈死在戰場上的英雄啊！

若我有能力和權力，我真想為這英雄在榕堤邊塑像，那像一點也不峻偉崇隆，只是一個平凡女子的身姿，但那熟悉的身影，卻是多少受她庇護的貓咪們和一起打過仗的我們，最最想望的身影。

二〇〇九年十二月二十九日

註：作家忽忽（本名林岱維），二〇〇九年冬至在往常餵貓路徑上，不幸遭摩托車撞成重傷後陷入昏迷，並於十二月二十七日結束精采而美麗的一生。

有河書店的隱匿

這如同詩句一樣的題目，得加些注解，有河書店，是一間曾屹立在淡水河畔的獨立書店（二〇一八年起換主易名）；隱匿，是女店主寫詩時的筆名（其實，這二者在它們各自的領域都赫赫有名）。

應該是〇八年秋天吧，某日的《聯合報》頭版，一幅占了半版令人悠然神往的照片，那有名的淡水面觀音山的榕堤、一隻蹲坐回首的貓影，但文字是，「淡水沒有街貓，還叫老街嗎？」新聞內容是，這些悠然自在的淡水貓在數日之內杳無蹤跡，等照顧牠們的志工們敘起，才知不是個別現象，而最終，果然在鎮公所的清潔隊尋獲倖存的貓隻，再追溯源頭，才知是臨河區的某餐館，只因顧客抱怨了門前出現的貓（是擋了風景？或非我族類必有病毒？）店家遂找了清潔隊抓捕了周遭的街貓。

我們，我和天文、和大隱於市在淡水的舞鶴，便徵得有河書店店主同意，辦了一場以淡水貓為題的講座，要求當日來參加的聽者帶著一張曾經拍過的淡水貓照片，因為，牠們如今都已不在了。

活動那天，來者塞爆了小小的有河書店，包括隱身在眾人坐席中當時的台北縣長周錫瑋。我還記得，也在淡水與貓（黑吻）散步、將一己食糧白吐司見者有份分食街貓的舞鶴（知道後，我們有空就帶些貓糧給他，因為擔心他已清簡至極的生活會因此難活人），舞鶴率先發言：「今天為貓來的請舉手？」結果全場都是，舞鶴遂說：「那我們就別裝了，今天不談文學，來商量後續如何補救？」我們當場丟開我們唯一會、但慢死人急死人的文學，不分講者聽者的或淚流滿面或怒極打算揪眾上街向公部門陳抗的訴說著。

我記得自己的發言是，我舉了京都哲學之道貓群的故事。去過京都的遊人，無論喜歡不喜歡貓的人，都該記得哲學之道南起點若王子寺坡壁的貓們吧，牠們都有附近的鄰人照護，甚至我目睹過他們的排班內容細緻到還有一項工作「抱貓」，一中年男子盤腿坐在櫻樹下，腿上伏臥一隻沉睡的貓，他靜靜的撫著貓並對另一隻伸手伸腳想上他腿的貓輕聲說「還沒」，那貓之後近乎排隊的還等著幾隻討抱的貓。而附近的店家，全是以貓為主題的手工藝店如陶瓷杯盤、帆布袋、T恤、明信片、筆記本……，幾隻街貓，撐起整條路的文創產業，所以，街貓應該是資產，不是垃圾。

（談動保時，我真不願意訴諸人的利益，但若這樣說，能讓大部分人族好過些、能打動甚至翻轉公部門的作為，那就這麼說吧。）

也有動保人攝了地中海小島和日本貓島的美麗攝影集，同樣邏輯的遊說在場的縣長，「這些是珍貴的觀光資源啊！」

結果是，縣長周錫瑋向在場所有人深深鞠躬道歉，承諾立即停止捕捉街貓，並配合志工率先擇有觀光產業的如淡水、坪林、猴硐、九份等處做街貓TNR，稍後再及於人口擁擠的三重、板橋、雙和等處。

風頭過了，人群散了，留下的，仍只是靜靜面著淡水河，店裡和店外露台貓們多過顧客（啊我簡直不知他們如何存活）的有河書店和隱匿和詹正德。

我能做的，就是有空就帶國內外的友人去有河，那確實是做為台北人的我打心底覺得驕傲的地方，小小書店裡的選書和陳列，遠遠豐富過以華美但單調一致的連鎖書店，耐人悠遊探索，次次，就算不是出於支持獨立書店的心情給他用力買，也都能淘得連鎖旗艦店裡找不到的一大袋書回。

時間允許的話，我們總在露台面著觀音山坐一下午，而等到把自己坐成一墩石柱時，便會從四下冒出隱匿的那些貓夥伴們，有的前來吃喝永不匱乏的貓糧和飲水，有的察覺你是同國人的蹲踞短牆瞇眼與你遙遙對望。

河貓的可愛與可惡！

我非常喜歡讀隱匿寫貓，無論是日常臉書或二〇一六年結集出版的《河貓》。她充分尊重更重要是體察每一隻生命的獨立性和完整性，人類學式的、3D式的勾描（有別於太多自命為貓奴或鏟屎官對貓族只有愛和同情的單一面相），所以她手下的貓隻隻個性不同、甚至有可惡的貓——這對動保人來說，要說出來是多麼困難的事，這我和年輕作家兼動保人陳宸億在一場以動物與文學為主題的對談中都一致同意，最理想的動物文學，是敢於自由說出動物的可愛和可惡，那才真正完整，我們都做不到，原因無他，在牠們處境堪憐艱險的現狀，連幫牠們發聲都來不及了，哪有挑剔揀擇的空間，也許得到萬物皆平等了，我們才能本著那文學極獨特的核心價值「說出那不方便面對的真相」，寫出所有，不挑剔、不揀擇，不逃匿、不隱藏。

因此，我不知道隱匿是如何提前做到的，她甚至敢直率的在臉書上修理她那已嫌少少的白目顧客人族（或任意逗弄熟睡中的貓、或完全不看書的抱怨店裡飲料品目不多、或盤據露台僅有的數個座位嬉鬧半日不消費……），比起隱匿，我這曾被人說「不愛台灣人、只愛台灣貓」的人，顯然要世故圓滑多了。

也因此，我老掛心他們如何存活，並且還得負擔那樣龐大數量的貓群（從淡水捷運站出口至紅毛城的河畔貓皆他們照護、或提供飼料和工讀費請淡大學生餵食），隱匿某次安慰我，他們每年靠自製的河貓月曆（匯集前一年貓友或他們自己所拍的河貓照片而成），養起整條河岸的貓、飼料、醫療和TNR費用。

詹正德與我同一天生日，都有面對人時的內向靦腆，隱匿也訥於言，儘管他們倆在網路是極生猛敢言、多想法、活力十足的人，是故一四年夏天，我在橘子猝死時一心只想去找隱匿，因為之前幾個月，她的金沙沙亦走於手術台上，我日日讀她各式各樣的尋思文字，想尋她慰解。

在那樣一個黃昏，我與隱匿坐在露台上，那黃昏的寶藍色降臨之際，我與她說著橘子的離去和之後我的陷入狂亂，隱匿靜靜聽，並沒回以任何安慰。稍後，她指指觀音山吐納的晚霞殘影，她說，每日的晚霞，她都看得金沙沙幻化而成的身影。

噢，是這樣吧，鏡頭拉得遠遠的，空拍那山、那河、那城鎮、那露台上傷心的兩個人影，「我與始皇同望海，海中仙人笑是非」，時間大河中，金沙沙與橘子只是早我們一秒鐘先登岸去了。

二〇一八年三月十三日

祝你幸福！翠珊

我認識翠珊時，她不到三十歲吧，那是二〇〇九年初，她與夜間遛狗返家的我媽一起進門，她頻頻表示如此登門太過魯莽，但因看我媽帶著一群照眼就知是收養的流浪狗好幾個月了，忍不住上前攀談，也才知我們家還有更多的貓。

翠珊長得很美，纖細高挑的個子，五官立體細緻，但日後相處才知她最吸引人的，應該是她的聰明和獨立明快吧。

她的租屋位在我們山坡最頂的豪宅山莊，也才知他們門禁森嚴的社區內的六、七隻流浪貓都她和另一位愛媽麗英照顧。翠珊詢問我們如何為街貓絕育的知識技術等等，最終我們決定頭幾次協助她抓貓，等她學會了再自行處理。

正事談完，翠珊打量我們家，呼口氣說：「我一直好想能有這樣的家屋。」我和天文面面相覷，覺得她禮貌過頭了，她的豪宅山莊有泳池有各種公共設施和花園綠地，如何可與我們這住了近四十年的破屋相比？她指指我們不到兩坪但種了兩株大桂花樹的院子說：「這樣我就不用老帶著我那幾罐貓咪狗狗的骨灰搬家了，可以讓牠們永眠樹下。」

翠珊原是香港女孩，在住房密度極高的香港難與動物共居一室，她為了能照養動物友伴，留下在台灣工作、生活、戀愛。

夏末，我們和翠珊決定第一次行動，目標是那擁有三妻四妾的貓大王老黃（翠珊描述老黃的模樣長相好似那期《印刻》雜誌封面人物的米蘭・昆德拉）。

我清楚記得那日下午，我和天文先匆匆趕去關渡和信醫院，與癌末倒數計時的孟東籬老孟告別，知道是最後一面了，讓我們不自禁的多待了一會兒（只要去掉桃花和高個子，老孟長得可多像我那已不在人世的父親！），我們橫越盆地趕回山莊時已稍誤了與翠珊的約定時間，我們趕快依地形和環境擺置好了誘捕籠，便遠遠邊盯著邊聊天，我們向她抱歉遲到了是因為去探望老友最後一面，老友前輩像愛花愛自然一樣的愛女人愛一生，所遇的每一個女生也都愛他，他活得自在獨行瀟灑，有讓人不得不羨慕處。翠珊聞言失笑：「那不好像我們老黃！」

發言的資格

之後的幾天，也抓到了牠未在哺乳幼貓的三妻四妾，該區加上之前已獨立斷奶的一群幼貓，對責任感十足的魔羯女翠珊，此後應該是太平歲月吧。

但她被社區裡憎惡動物的一二人盯上，無視於她的乾淨餵食和絕育街貓，一味要求住委會處置她和貓們，甚至輪班到警衛室從監視器盯她，她一出房門、走廊、電梯、大廳、庭園一角餵貓、出入社區……

如此還不甘心罷休，投訴里長並要求召開里民大會，打算以住委會的內部決議凌駕社區外的現行政策與法律（如台北市行之有年的街貓TNR計畫和動保法）。

我們具動保意識的里長，長年默默為我們擔了第一線里民投訴的炮火，決定一次讓我們溝通個夠，於是在山莊的視聽室召開此會，我記得我還揪了動保TNR經驗豐富的林雅哲醫師與會，他則帶了幾名台大行動力極強的懷生社學生旁聽。

我清楚記得我才發言一兩句時就被那一二人（翠珊告訴我他們一是律師一是醫生）反對最強烈的打斷：「請問你以什麼身分、有什麼資格在這裡發言？」

我答：「我是本里里民，也是動保處志工，來向各位報告動保處的現行街貓政策和法令——」

「這是本社區的住委會，請在場不相干的人出去。」

「我只發言不參與表決。」

「那你先買我們房子取得住戶資格再來發言吧，如果你買得起的話。」

（其實我一點不吃驚對他人可以如此鄙夷輕視的人會如此厭憎動物，因為反之亦然。）

只中場休息時，一位懷生社的台大哲學系二年級男生不無激動的前來想對我說什麼，眼眶裡泛著淚光，他說：「人，為什麼可以如此殘酷？」

他名叫陳宸億，是我見過與黃泰山一樣最心疼珍惜愛媽處境和力量的志工，日後有機會我也非常想寫下他的故事。

那一場住委會並沒做出任何決議，一二人只覺問題浮出檯面不好再悶頭蠻幹諸如警衛室監視翠珊……，翠珊也決定日後只能更低調的餵貓（唉就更月黑風高啦），並從此參與住委會持續發聲溝通。

至於翠珊顧的那些老黃的後代們呢，牠們幾乎全是橘白貓，女的甜美少根筋，男的愛說話，翠珊不時傳牠們照片讓我們分享牠們良好的狀況，只偶爾，她整理好心緒告訴我們，誰誰誰今早在車庫口被撞死，當小天使去了。（唉，如果沒有絕育的話，真是八百萬種死法。）

此間，工作忙碌的翠珊也隨我們抽空參加動保處一年一度的志工講習課程並取得志工證，行有餘力也橫向支援其他里和動保團體的動物救援。

只偶爾有重大事必須動員里內志工時，幾次死寂一片的找不到翠珊，志工本就是志願工作，我們當然不好催逼過甚，只和天文相互安慰揣測：「一定是在處理感情吧。」一對翠珊這年紀的女子，會無法全依理智和紀律行事時，多年經驗告訴我們，不是感情難關是啥？

「天心姊，籠子可以還人家了嗎？」

我最後一次見翠珊時是某夜她登門來找我，說她在國小操場運動，見當門一具大型誘捕籠，不知是學校或私人打算做啥好叫人擔心……，關於誘捕籠，台北市只要參加街貓TNR的里內是必須甚至只有動保志工可以使用的，因為只有志工了解里內貓況，否則捕捉一隻絕育除蚤打了狂犬病疫苗的無害浪貓至收容所是無意義的，又且誘捕籠的使用一定得有志工在旁，捕獲剎那得立即蓋上布物，才不致使牠們驚恐逃撞至遍體鱗傷，常有民眾，一具籠子一擺十天半個月，等想起來去查看時，是飢渴或撞傷致死的貓屍了。

我和翠珊二話不說立即前往國小，黑夜裡一人一頭抬著好大一具不鏽鋼籠子往山坡上我們家去，翠珊纖弱，我氣喘，兩人一行走走停停氣喘吁吁的終於擺放我家院子。

一個月後，里長電我：「天心姊，籠子可以還人家了嗎？」毫不意外的，他們早已從監視器中看到是我和翠珊幹的。

繳還籠子那天，我們約在里長辦公室內，對方是小學的學務主任，我等著被里長甚至主任好好訓一頓，沒想到里長當面說了一頓學務主任，大意是里內做了近十年的街貓ＴＮＲ，是最好的尊重生命教育，教育單位藉此向學生宣導都來不及，反倒開倒車用不人道的方式對待，要求學校日後應偕同並請益志工如何處理云云。

我和翠珊偷偷互扮個鬼臉，幸虧沒惹上竊盜公物的麻煩。

再一年，翠珊突然登門時我沒見到她，她交給天文從羅馬帶回的聖方濟的像墜，聖方濟是出了名的愛動物愛大自然，認為萬物都是人類的兄弟姊妹。我一直將此墜像隨身攜帶，當作支撐和庇佑。

也才知翠珊嫁了個義大利男子定居羅馬去了。

今夏她返台，一一向我說明山莊近兩年貓們的近況和去處，有兩隻她帶去了羅馬家，有被住戶收養的，有老病走了的，剩下的兩隻街貓目前竟然是當初反對她最力的一二人中的太太在照顧，有機會，我還真想知道他們是如何被翠珊嚴謹修行一樣的照顧街貓行止給感動說服並起而行的。

如今，我不時在遠在羅馬的翠珊臉書上看她堅定恆常的ＰＯ一則則有關動物保護的訊息文章，在她每半年回台探視山莊的貓們的中秋節那日，她在山莊的發文：

五年了大momo，再不捨得，我也將你入土為安了。
就在你常出沒的花間草叢……
希望你滿意姊姊的安排。
中秋團圓之際，你也回「家」了。
明月會將你溫柔的融入土中，化出繁花，化出無限。
P.S. 恢恢一切都好，不缺煩惱

姊姊，念甚

翠珊，也祝你幸福。

二〇一七年十一月二十一日

「動平會」的憶珊

我是先讀到憶珊的文章，才見到她人的。

〇五年，我最敬重並私以為師的錢永祥（其實我們背後稱他為老錢，不是因親暱故，而是他始終待後輩平等，不以學識閱歷年紀傲人），老錢拿了一本他參與審查的論文要我看看可有出版機會？

作者林憶珊，東華大學民族所學生，書首篇章難免得披上學院規格外衣，但內文，田野調查記錄了十多個俗稱愛媽的動保志工的口述，是動人並驚悚的（在台灣大部分對流浪動物不友善的地區當個動保志工，可謂在戰場、在無間地獄，叫人不得不做個街頭戰士）。

傳奇抓紮手

一年多後，我參加「台灣認養地圖」的種子志工訓練，課後仍有幾名看就知是資深戰士級的志工徘徊不去，交換著TNR經驗，那是〇六年台北市政府「街貓TNR計畫」元年，我們卯起來做，企想對市府和議會和社會證明，這是一個管理流浪動物數量的人道文明且有效的做法。

於是有人向我介紹：「這是林憶珊，我的吹箭師傅。」後來我才知道幾乎國內的抓紮手都是不到三十歲的她的徒子徒孫。

吹箭大師是個曬得黑黑紅紅的大學女生貌，穿件及膝的工作褲和涼鞋（後來才知她幾乎不分四季的皆如此穿著），圓臉短髮亮眼睛透著幾許爽直的男兒氣，我急忙表示我讀過你的論文，是你的讀者，並鼓勵她將文首略作刪動以便於一般讀者，她笑笑不置可否，這是典型動保人的神態，無論什麼場合總有幾分放空或心不在焉，因為心底永遠在掛念不完待尋待救急如火場搶救的生命。

不久我才從其他志工口中知道憶珊的傳奇。她家在新莊，每天出入看到太多癩皮狗或車禍狗在公路旁不去（被丟棄處，或等待不忍之人留個廚餘），她習得吹箭麻醉術，將那些狗狗一一抓紮或治療（恕我不透露吹箭以及追捕細節以防有心人），此經驗之後數年，她帶去所念書的淡水和花蓮。

畢業後她在關懷生命協會工作，身兼數職，我每細讀他們出版的月刊，幾乎整本都是她獨力完成，我細看那當月工作誌，小自國外動保團體的拜訪交流、大至例行的志工講習都她肩挑。

我遠遠看著她，每在我感疲憊或病弱或忙不歇時，都以她為我支撐的力量或模範。

此中，我們只合作過捕獸鋏的入法。

捕獸鋏，因著便宜和購買便利，曾經在台灣成了一般小農或小民的最愛，曾經我看過老日本房子屋脊放一排亮閃閃的捕獸鋏，不少動保人家中都有一隻名為小三的貓狗（三腳貓三腳狗），那還是倖存者，暗中不知道有多少拖著捕獸鋏逃至角落默默花了一個月才爛死或敗血而死的動物。

我們開記者會，演行動劇（這些放在公園或河濱草叢中的捕獸鋏若家犬人孩踩踏到會如何？）、遊說立委和主管機關，最終在與數個動保團體的協力下，成功將它入法，此後捕獸鋏不得生產、陳列、販售、輸出。

與憶珊共事是愉快的，她與我想法一致的認為關心動保議題且肯實踐的人已那麼少，故以不擴大差異而珍惜那共同的，絕不以己之路線主張否定或猜疑其他人的不同路線，她從不抱怨，肯承擔，是我熟悉的摩羯座中好的那一支。

二〇一一年，憶珊找我與黃泰山成立「催生動保司聯盟」，趁著次年初的總統大選，要求總統候選人正視並回應這議題。

是這樣的，傳了好些年的中央政府組織再造，終有較清晰的圖像，例如，農委會將升格為農業部，原來其下的動保科將升級與畜產科合併為畜產動保司，亦即，主管殺動物和救動物的、賺錢的（畜產）和花錢的（動保）將置於一爐，這不是精神錯亂就是玩假的，當兩者利益衝突時，哪一個注定被犧牲，是照眼就知的。

所以，我們要求一個中央層級，獨立行事的動保單位。

那幾個月，我和憶珊、泰山常候在立法院附近的小咖啡館裡，這我也才知道為何立法院周遭有那麼多的賣簡餐飲料的小店家，因鄰桌全都是等待陳情遊說人士。

百忙的立委助理一電告我們，我們便立即前往，把握住那五分十分鐘，將我們的訴求說清楚並更好取得承諾。常常，我從立委的眼中照見我們自身，泰山身障、與我一樣穿著簡單樸素，憶珊仍短褲涼鞋，真是再次證明，會關心魯蛇狗魯蛇貓的都是魯蛇人啊。

次年，農委會回應我們受限於農業部組織法，動保無法單獨成司，只能成立動保會，直屬行政院長。

此役連署或參與的有全國上百個動保團體，除了動保司是最大公約數，其餘的主張訴求不盡相同，只我和憶珊、泰山從此養出了互信和共事的默契。

次年，憶珊離開關懷生命協會，和戰友萬宸楨成立了「台灣動物平權促進會TAEA」，認養了動保中最慢但其實最重要的教育宣導工作（簡單說，只有社會上的人心和人對動物的態度改變，動物的命運才會被改變）。他們二人校長兼打鐘，一秒鐘都不浪費的說到做到，因此我告訴他們隨傳隨到我吧。憶珊關注我因氣喘健康不穩定，總珍惜「使用」我。

動物不是娛樂

此中，我始終目睹並偶爾參與、最值稱道的是《動物不是娛樂》的拍攝。有孩子的人應該知道，台灣的小學每一學期有一個名為尊重生命的課程，而校方通常是選擇到有展演動物營業場所如「ＸＸ農場」、甚至遊樂場去半日遊做為交代。如此，我們應該不吃驚，坊間為何會如春筍一樣冒出那麼多各種囚禁動物的大小營業場所了吧。

憶珊他們費時一年多全島偷拍（因這擋人財路不是？）的《動物不是娛樂》中有一場景令人難以忘懷：某場所因應下午來參訪的小學生，上午便不讓小豬仔吃奶，而將母豬奶擠成一瓶瓶備好，屆時小學生可用一百元一瓶購買餵食。

那些餓了一天的小豬搶著湊前索奶，小學生或生疏或戲耍著，將奶噴濺小豬一頭臉……

這，是生命教育？

憶珊他們在小學巡迴放映，看過的家長和學生，不再在假日去那些老虎囚禁鐵籠、鸚鵡啃禿自己羽毛、象龜被人騎趴……的場所。

在此同時，憶珊還努力在源頭修法，想趁熱將展演動物入動保法，我還深深記得那個安靜冷清的立院中興大樓某室裡，我們與民進黨最具進步觀念的立委田秋堇，任外頭漫天風雨的靜靜推敲法條用詞（要一步到位或做若干妥協以利於通過），並共同決定將海哺（海洋哺乳類）的禁止飼養和展演和觸摸入法條的那一刻……（當然結果動保法中的修增法條仍只措意賭博／動物競技部分）。

是的，同時在做繡花和火場救援的工作，通常我乾脆形容，在火場繡花。

一四年初，憶珊終於將她的論文以《狗媽媽深夜習題》出版，我以〈黑暗騎士〉為名為她寫推薦文，至今我想一字不改的引用文末的一段話作結：

在動保工作上，憶珊是我最信任敬重的良師戰友，她溫暖又強悍、不抱怨訴苦多情緒、不為一窮二白的動保圈裡茶壺內的風暴或搶骨頭而灰心沮喪、她從不貶抑鄙夷愛媽們的存在意義，她眼裡不只只有動物還有人。（這句話用來描述誇讚動保人會不會有點怪?)

我長憶珊一個世代,卻老在一些難抉擇時的重要關卡務必與她談過才覺得踏實篤定。

愛媽們的事蹟早該有人寫了,他們既是拉動了動保組織社群和公部門作為的人,也是最卑微、日日在第一線做那希臘神話裡薛西佛斯苦役的人。

憶珊的書,使黑暗騎士們得見天日,太好了!

二〇一八年二月十三日

我的浪貓人

此篇原欲寫京都，因為三月上旬整個的在京都看梅花、看貓。

多年來，無論行程長短、或公或私、或悠閒或匆忙，我一定會去看一眼哲學之道南起點若王子神社周邊的貓群（當然京都的街貓聚落不止這一處），是這樣的，有多疑的動保友人擔心那些貓已成了觀光產業的一部分（如同我在上一篇專欄所述），意即，那些貓也許是附近商家隨時放生補充以保持一定數量招攬遊人、而早失了鄰里TNR照護街貓的原意和精神。

對此，我只能一直鎖定其中一隻像極了我們家二〇一一年夏失蹤的黃骰子貓辛辛一樣的貓做觀察（那貓像到我忍不住問牠：「你怎麼跑到這裡了？」），多年來，牠始終在著，外貌未改，也不見老態，友人的擔心應該是不必要的。

只我在悠遊梅花季節時，心裡卻始終記掛著遠方我那一隻美麗的母貓，行前太匆忙，忘了向她說我要出國十天，這十天不會來買飯糰，別等我。

美麗的母貓在神旺飯店旁的小巷口每早賣飯糰，一個扎實好吃的紫米糰才三十五元，我每進咖啡館前一定帶上一個當早餐，並規定同行人也都得一人吃一個。

她是嫁來台灣十多年的河南女子，長

在京都的黃骰子，攝於二〇一五年十一月。

得極美，收拾得乾淨樸素，神態溫暖友善（但其實我也見過她對奧客不假辭色，是個烈性女子），如同兩岸多年來的故事，她與在大陸旅遊的台灣男子匆匆結識並結婚，男子在台灣當保全，並無照養她和兒子，兒子十二歲了，課餘假日只能天天託在教會上主日學作文課。她說：「等兒子成人獨立了，我要一走了之。」

寒流來的清早，我們交換完飯糰和錢鈔，她靈動的大眼忽而飄渺：「老家下雪了。」

也是那一兩個早晨，清晨五點便得騎摩托車出門的她，守著一方月租八千元半個榻榻米大的攤子，我見她脖子敞著便叮嚀一聲：「今天忘了戴圍巾啦？小心感冒。」她當下紅了眼淚水盈眶，是很久沒有人關心了嗎？因此過年時，我包了個可以天天吃、吃兩個月飯糰的紅包給她兒子，哇，此後，她的飯糰越包越大簡直一個便當大小，吃了可以直接省略過中餐，這我也才醒悟，是誰在照顧誰呀。

同樣的浪貓人還有魏伯伯。魏伯伯是個駕著電動車的資源回收老先生，於二十年前我父親過世不久出現，他相貌酷似我父且年紀相仿，只是生活操勞或受過傷，整個人彎腰四十五度直不起身。我和天文一定是感情投射緣故吧，把家中原來留給一瘸腳拾荒人的舊物全部轉給魏伯伯了。

魏伯伯沒多久中斷了兩個月沒來，出現時他腰越彎了，原來此中某個雨天被車追撞個不大不小的車禍，那年他已七十五歲，我和天文遂毅然決然決定每月給他五千元，起碼風雨或夜裡就別為營生出門了。

此後二十年，魏伯伯總月底出現，從不空手，這個那個帶上當季豐美的水果，逢年過節還會挑上好的魚蝦來，他年輕時一定過過好日子，所選之物比我們所吃所用都講究，只其中一次，他離去時猶豫片刻、回過頭來有些不好意思的說：「其實我去年生了個女娃，可是豪口愛哇。」他有個小他三十多歲的肢障太太、有個念小學的兒子，於是某一日，他帶著兒子前來，相貌好極了的兒子高高坐在電動車駕駛座上很覺威風，我們都很為他一家高興，大概一直隱隱害怕他兒子或會自慚家境和老父吧。

所以很長一段時間，一個月總有一天清早，我會被一段旋律和一縷茶香喊醒，下了樓，天文剛沏了一杯好茶與魏伯伯隔桌坐著，桌上是魏伯伯這一回帶來的豐盛水果，和正播著台語歌的隨身小錄音機，那一天，是陳芬蘭唱的〈苦戀曲〉。常時我們各說各話，因為魏伯伯鄉音重到只有天文略能聽懂，我們其他人都禮貌的假裝聽懂。

那情景，你不禁違反經驗法則的以為會一直就這樣下去，但二〇一六年秋天，魏伯伯如同我們照養的有些老貓，在第一場秋雨或第一波寒流後再沒出現，也未差家人來報訊（我們猜，或許他根本不想讓後來麻煩不斷的兒子因不懂這段情誼而煩擾我們吧）。

我們這一場獨特的友情和際遇，戛然而止。

不叫我們掛心、而老掛心我們的是背後社區的傑克警衛，傑克警衛因單身總值夜班，有幾年，他曾租屋在我們家後鄰，因此早晨他下班後，我們總聽得到他拉小提琴，按海盟的話，「曲目甚豐」，我們都猜著他想要平息安歇什麼，因為一直覺得他是很不典型的警衛保全（總幫住戶們多做這個那個，每晚垃圾車走後，他一定將周遭人行道清洗得什麼也沒發生過似的），也陸續才知，他離了婚、得過金曲獎最佳專輯的兒子憂鬱症自殺走了，傑克警衛遂一路失神從南到北飄盪、落腳在我們山坡社區，後見我媽每晚帶所收的浪犬上山遛狗、我們整天忙進忙出拎鐵籠抓貓、餵貓、絕育、在狗群來襲的日子和他一樣巡夜……，才一點一滴慢慢收拾起原覺破碎的人生，他寫一手好字，過年時整個山坡數百戶人家的春聯都出他手，我們也總在年夜飯，盛起第一碗好湯送去給無家人可團聚無年夜飯可吃的傑克警衛在警衛亭裡取暖，而後貼上他為我們寫的新的一年的春聯，讓他夜裡巡守時看到，平添幾分暖意。

傑克警衛幫我們分勞甚多浪貓事務甚至生死大事，包括幫最老的一隻街貓埋在牠一輩子出沒的山壁下（我記得我們將原先準備的火化費用包了紅包給傑克警衛，他無論如何不收，他說：「六灰灰陪我守過七年夜，也是我的老友啊。」）；他在鄰山浪狗群接連來襲且咬死街貓的夜晚，承諾會多加巡守防範，要我和天文照常作息，別因日日巡夜弄得重感冒或神經衰弱。

她他們，彷彿諸多我們在照護著的街貓，好叫人懸記牽掛，也不時讓人感動於他們為自己的低度生存尊嚴所做著的努力。

但寫作的這會兒，我才驚覺，到底誰才是誰在照養的浪貓人，還真不知道。

二〇一八年四月十日

陽明山第一公墓的抓紮女孩

文題那麼長，是因為我至今不知那女孩的名姓。

她個頭高且苗條，長得很美，因年輕而脂粉不施，或該說，她完全無心打扮。她站在黃泰山輪椅後方，神情時而因我們的話題專注，時而放空遠遊（那神情我太熟悉了，放空閃神是總有那「奇怪怎麼連兩天沒有餵到小虎，不知牠怎麼了？」動保志工的神情）。

那是去年九月，我們與同樣關心流浪動物現狀的童子賢約在奶貓中途的「那布郎」的讀貓園店裡（天啊，每一個名字都是一個精采的故事，容我日後再一一道來），泰山，動保圈頗富爭議的奇人，他能文能武，文是修法案改建制（催生獨立的動保司）、耐心的一一遊說朝野立委；武是街頭陳抗、第一線對抗失職或不作為的各級動保主管機關或利益龐大的動物繁殖業者，並時時協助不懂法律不知申訴求援的愛媽愛爸……，至於說爭議，是某些作為政府諮詢對象的動保團體始終不以他的街頭路線為然（我個人就不只一次的被提醒甚至警告莫與他為伍），這我從來不為所動，因我始終把他所走的街頭路線視為動保運動的分工，他打前鋒，衝出來的空間，好讓給與政府折衝談判的其他動保團體，他從沒嫌我們斯文甚至軟弱妥協，我們嫌他怒目金剛什麼?!

每半年，我們總要碰個頭，交換各自遇到的困境和「運動傷害」，並彼此加油打氣。

免於飢餓的自由

那日，泰山說到陽明山國家公園的流浪犬問題。棄養源頭已不可考，眼下已然繁衍到數百隻浪犬，有的分散於山區各處，有的集結在某山谷（恕我不能透露地點，以免奇怪心思的人做出奇怪的事），牠們大多依賴路過心軟的遊客（一隻瘦巴巴但垂著胸乳的狗媽媽的搖尾乞食怎叫人狠下心不分食給牠呢）和愛爸愛媽們每日風雨無阻的上山餵食。差別在，愛爸愛媽們會陸續的做絕育，只是缺乏組織和統合協調，總趕不上大自然天性的繁衍速度。

這期間，主管機關內政部營建署陽管處對漫山的浪犬和仍不斷正發生的棄犬並拿不出專業有效的方法，只能到處立牌禁止餵食並出動國家公園警察尾隨愛爸愛媽開罰單（一次一千五百元），打算用的是餓死牠們的方式。

撇開文明人道不談（例如老牌動保國家英國早於四十年前提出的五大動物權利以作為動物福利政策的基本，第一條即是：免於飢餓的自由），動物不是一天不餵第二天就能餓死的，牠們有一段困獸猶鬥的階段，牠們可能侵入淺山區的人居紅了眼找尋食物、可能攻擊遊客搶食、可能「歸野」入山獵食野生小型動物（這是野生動物保護野保人士最憂心反對的）。

所以自小生活在竹子湖並熟稔陽明山生態的泰山，向陽管處多次交涉並與民間團體合作承擔下數百隻浪犬絕育減量的工作，交換的是陽管處擇一遠離人跡的山林隙地用以圈養這批動保志工承諾可以全數捕抓結紮到的浪犬，唯一沒法達成協議的是，陽管處在尚未擇地確定前的這過渡期仍維持「禁止餵食、禁止抓紮」的現行政策。於是擇地未成的這二年，浪犬數量又增了一倍（沒餓死且繁衍不斷是因為遊客的只餵不紮和膽小機警的浪犬歸野果然成了野保人最憂慮的獵食者）。

對於這無解的爛攤子，美麗女孩說：「我只得一人獨自上山抓紮。」獨自，是怕人多會招上山夜遊的人注意，她頭戴礦工探照燈，使出包括吹箭麻醉等等各種絕技（恕我不透露細節以免有心而動機不同的人學去），她說，有時該晚任務達成，收拾道具起身準備收工時，一抬頭，頭燈照射下，環繞她的整個山坡好多一雙雙的紅眼睛不知已盯著她多久了，「最好是狗啦，」因她那大半年抓紮的地點是陽明山第一公墓。

怕黑怕鬼怕壞活人的膽小的我，是不能想像一分一秒那處境的。

「可以想辦法要求陽管處讓我們光明正大的進去抓紮浪犬嗎？」女孩沒有要求任何資源任何協助，僅僅提出這麼卑微的請求。

她年紀青春正盛不到三十，是暑假從加拿大返台探親不慎街頭遇到一隻傷病的浪犬，從此一頭扎進來再回不了頭的。我無言以對，擠不出半句安慰的話，也提不出有效的承諾，只能訥訥苦笑著。

這個愧疚總在我有時得閒下來時會浮現心頭，她，此刻在萬千人熟睡時，仍在那公墓山谷抓紮浪犬嗎？是什麼支撐她的？

我沒有機會再見她並問她，但也是她那戴著頭燈獨行於夜暗的身姿，屢屢打消我想偷個懶或從動保工作退場的念頭。

一年後的現在，我終有機會問泰山那陽明山第一公墓的抓紮女孩今安在？他答，去年會面後不久她懷孕了，生產前的一個月仍大著肚子在山裡抓狗，於是我不免煽情的想到，她一定在面對那夜暗無人卻又漫山遍野一雙雙紅眼睛盯著她時，撫撫腹中的孩子，「要勇敢，馬麻在這裡。」

通常我想到這裡就打住了，因為已淚濕了雙眼。

二〇一七年八月十五日

供養人 I

供養人，是指因信仰某種宗教，通過提供資金、物品或勞力，製作聖像、開鑿石窟、修建宗教場所等形式，弘揚教義的虔誠信徒。今天，也指那些出資對其他人提供扶養、贍養等時段性主要資助的個人或團體。

供養，也是一個佛教名詞。簡單的說，就是以香花、燈燭、飲食等滋養三寶為「供養」。還可以分作財供養和法供養兩種，香花、飲食等物叫財供養；修行積德，利益眾生叫法供養。在佛教中，具備上述供養行為的人，稱為供養人。（以上引自百度百科）

基督徒的我父親於二十一年前過世時，留了一間那時就很老舊、台北盆地周遭尋常的房子給我們，對朋友、對學生向來慷慨大度的他，只兩袖清風留了一百萬元存款給我母親。

同樣是基督徒，同樣篤信〈馬太福音〉「野地裡的草今天還在，明天就丟在爐裡，神還給它這樣的裝飾，何況你們呢？所以，不要憂慮說吃什麼、喝什麼、穿什麼。你們需用的這一切東西，你們的天父是知道的。」的我母親，繼續相信未來是不需為衣糧憂慮的，便將這款項當作「公款」，所謂公款，就是照顧屋裡屋外的浪犬浪貓吃喝醫療絕育所需的用項。

世紀初的第一個十年，這筆公款當用極了，讓我和天文在埋頭做街貓TNR和家中的十幾隻狗狗和盡量不超過的二十隻貓時，無需因費用而躊躇憂慮。

這筆公款在使用十年後正式告罄，但絲毫沒影響我們照顧流浪動物的腳步，只因我們早已過得簡單，眼下世界的價值／價格早已如我寫過的〈厭世文〉中所言「一件冬季外套可供兩隻母街貓絕育、一個夢幻包包可資助一個愛媽救援一隻重病街貓的醫療費……」

這其中，可曾有任何的友人「供養」過我們的價值信念和實踐？不多，但有的，例如新竹一位曾聽過我演講的女生微亭（同音化名），她每半年一年會寄上一大批的貓糧供我分享給其他較窘迫的志工；還有我的年輕友人江一豪（一豪是在做三鶯部落／反迫遷時邀我一起參加的，他是身體力行的左翼，這名散兵游勇的左卒是中央大學畢業，以純體力的搬家工為工作，每半年，我們匆匆短暫的聚一聚、交換各自公事私事的進度，他總從他的搬家卡車上搬下大包的貓糧，我偶爾的動保演講場合被他知曉，他也一定想法到場聆聽，是圍事，也是想了解我和天文專注在做的事吧）；還有母親的年輕友人春燕，總從她先生工作的動物醫院帶些藥品給我們……

嗯，還有一位如今是數十億身價的老友，曾在我推薦的中途動保團體認養過三隻小黑貓，他們一家確實疼愛，不時曬美照，不時告訴我其中一隻只肯吃二百八十元一斤的活蝦，一隻必須吃某傳統市場的現殺土雞雞胸，還有一隻非得吃清蒸的某種海魚……

我一點也不懷疑他們的寵愛牠們，只是不免覺得好似安潔莉娜．裘莉領養了寮國孤兒，但，那其餘的呢？起碼安潔莉娜人以自身之名為其餘的孩子們宣傳其處境，我的友人們，我曾委婉告訴他們，三個小黑貓的媽仍在中途與其他四十多隻貓吃大鍋飯，可以做的，還很多。

此後，我每月刻意上網看該團體公布的帳目明細，從未見過三隻黑貓的友人有任何捐助。

比我們窘迫的志工和團體太多太多了

我還是比較喜歡人用其長、來支助人，例如曾有多個大老闆參與其中並爭寵於上人的某宗教團體，我曾親眼見過某企業老闆率高階主管在其企業總部前掃地並開記者會（唉，一看就知是他此生的第一次拿掃把），同時候他公司正在鬧勞資糾紛。是這樣吧，請先「善待」員工（正常給他們該有的權益），再掃地再捐血再做飯糰我通通沒意見。

用你真正所長、所有，來幫助人，才是真正的助人，否則只是寬慰自己的隱隱不安、是向人炫耀你也有行善、是向你侍奉的神打商量能否天堂幫你預留一個好位子。

當然我也有一些被我的發文或實際行動所打動的友人，表示自己因種種原因無法餵養動物但希望可以用捐輸的方式給我們或動保團體。

此時我一定客氣婉謝對我們的捐助（因為比我們窘迫的志工和團體太多太多了），

並且毫不客氣的提出一份我建議並推薦的名單。

例如，你若關切動保政策的研究和制定，可以捐給XXXX；如你贊成流浪貓狗的TNR，可以捐助XXXX、XXXX；如你想幫助中途志工，可以捐助XX（及太多的個人志工）；如動物救援，可捐給XX團體；如動保教育宣導，你可捐助「台灣動物平權促進會TAEA」。

我只明示了「動平會」，因它是我認為動保團體中CP值最高的團隊。他們就只有理事長萬宸禎和執行長林憶珊二人，直到去年才加入了專案負責人陳宸億，他們至今沒有辦公室，各自在家辦公，但千萬別誤會他們是冷氣房裡出一張嘴的鍵盤手，憶珊我寫過曾是台灣捕捉浪犬以吹箭麻醉的高手們的師父，曾花一年時間，在台灣大小遊樂場或所謂休閒農場，偷偷（因為擋人財路）記錄下被囚動物的不堪處境。這些近年因應國小生命教育課程而雨後春筍出現的展演場所，毫不專業的餵養照料動物不說，任意讓動物被小學生們和參觀者觸摸、戲弄、甚至傷害，大大悖反教育當局當初設計課程時「尊重生命」的初衷，並繼續坐實這地球上的其他物種活該生來就是為我們所吃所用所娛樂所死的。

動平會認養了動保運動中成效看似最慢但其實最重要的源頭工作：教育宣導（簡單說，只有社會上的人心和人對動物的態度改變，動物的命運才會被改變）。

說源頭，是因為只有源頭的動物處境改變（例如絕育流浪犬貓，不使其後代無數無辜的生命降臨不友善甚至險惡的環境），才不需有中下游無數志工和團體所投入的救援、照養、醫護。

儘管此工作如此重要關鍵，但能獲得的關注和支援是非常稀少的，例如救援團體一張可能數年前已亡故的流浪貓犬慘狀照片，可以輕易得人惻隱的紛紛捐款，而不易為人察覺的教育宣導便默默被排擠掉了。

源頭若做得成功，是不需也不會有中下游的人力人心和資源的耗費的。

年前，動平會的憶珊和宸億又來找我商量大計，他們研究並搜尋了國外諸多城市流浪貓狗的餵食站／庇護站，希望能在六都開始試行。

第一線餵食流浪動物的人都必定能感受到餵食時的必要和困擾（最大的困擾來自鄰人因不解的抗議、和討厭動物人的恣意阻撓甚至下毒傷害），所以餵食站的設立，非常必要、但也非常陳義過高（讓餵食不再偷偷摸摸、可以檯面化，甚至連帶擔起教育宣導的任務）。

宸億給我看了一張渥太華國會山莊內的街貓庇護所照片，那是必須得要一地、一代人的文明水準到達某種程度，才可能企及的，於是，我們三人在一間東區午後熱鬧吵雜的咖啡館裡，又一起發了一場大夢。

還有其他種的供養人嗎？

二〇一九年四月九日

供養人 II

上一篇〈供養人〉的定義引自宗教信仰中的概念，我擅自將它衍生為對與自身價值信念者的具體支助實踐。

唯我耿耿於懷的是供養人的是否有以其所長來供養面對，而非彎彎曲曲閃避於例如在鎂光燈下做一道菜給街友們、做一個蛋糕或將過時的打歌服捐給孤兒院或乾脆參加飢餓三十順帶減肥，或自虐式的掃街、捐血……，放著數十億百億的身家資源，去競逐做那「寡婦的兩個小錢」的表演……（他們都不怕他們侍奉的聰明的神明看在眼底嗎？）

類此的人，我親耳聽過蠻一些，也親眼見過幾人，難道真如同那舊約神質問亞伯拉罕的那索多瑪城裡一個義人也沒有嗎？

有的，在我認得這位義人之前，已聽聞過他的一二事跡，最初，是我的老朋友侯導演於二〇〇三年承接經營前身為美國駐台領事館的台北光點（規劃為藝術電影院和市民活動空間），第一年由於百廢待興，營業處於虧損狀態，文化局長在議會備詢時披露了此訊息，此時城中的那位義人出現，臉紅紅的（猜測是怕傷侯導自尊）表示他能否負責那兩百萬的財務缺口？侯導爽快接受。

次年同時候，義人好細心的電詢可需再幫忙，侯導答最困難的創業期過了，已有盈餘，請義人幫助其他人吧。

數年後，侯導答應當時的行政院國發基金影視創投產業合作邀約，以正籌拍中的《刺客聶隱娘》作為實驗模型，希望做成功了能開啟同為影視工作者的資金取得管道和政府對影視產業的投資信心。

此期間，因國發基金窗口對影視產業的陌生外行（要求侯導先提銀行備有預算資金九千萬的證明，政府才能提撥相對資金），侯導於是向義人開口借了六千萬，但終因為政府不解電影的作業流程因此處處防弊綑綁設限至寸步難行，此合作案便流產了。侯導立即將那筆錢還給義人，義人說此款是個人所有，非公司故無須繳回，便放侯導那裡別還吧。所以侯導《刺客聶隱娘》將此作為天使基金，在後來法資、日資、中資充裕中，將義人列為出品人的首位。

二〇一二年，我流感引發氣喘大病初癒，幸好沒耽擱到在淡江剛開鑼的印刻文學營的授課，短短數小時內，我從不同的工作人員口上聽到某某人在找妳，我不知所為何事，只想若真為急事總一定找得到我，便下完課體力不支疾回台北。

不久，義人的特助聯繫到我，表示非常想了解我們從世紀初在做的動保工作、尤其是協助市政府動保處的街貓 TNR 計畫。我們約妥了日子，沒想到是大颱風，天文遂陪我搭捷運、風雨中走去關渡立功街的他們公司，見面的是美麗的特助和一位部門經理，我原以為隔行如隔山，再加上人生勝利組的他們得讓我費上好一番唇舌說明吧，沒料到經理竟知曉我說的每一個動保團體，甚至包括一些中途的愛媽。（他回應了我的驚異：「我們老闆要我們每一個部門主管認養一個弱勢邊緣的社會議題，我是負責這一項的。」）

我們婉謝了他們打算的支助，只說一切都還在我們可以負擔的範圍，只日後的流浪動物的書寫出版和教育宣導活動，可能會超出微利的出版業所能配合。

之後數年，我與義人有數面之緣，例如移工文學獎的頒獎典禮（我以評審代表出席發言，他以出資者）、紀錄片的觀影（又是他出資！）、乃至一回我與友人們的定期聚會（通常聊聊完全不同領域的各自境況），我也邀了他來，我記得是夏鑄九老夏正在說城市原住民三鶯部落和溪洲部落與地方政府抗爭多年的目前進度（頻頻拆遷他們的主管機關，總算因社運和族人的努力，提出了易地遷建的方案，並取得大多數族人同意，剩下的，又是經費的事了）。

「這我來好嗎？」

義人十分內行的問了部落族人面臨的核心問題（令我這參與了數年反迫遷活動的人、念過人類學的我有些心虛虛），而後，義人問了這筆款項數字（族人自貸部分），老夏說要五千七百萬喔，義人接口：「這我來好嗎？」義人並當場與老夏商量出將此款交由公正的第三者ＯＵＲＳ保管，按工程期提撥。

當日晚上，義人與我在 Line 中說起這些在城市中逐河流而居的阿美族人，細細述說起他們百年來在花蓮境內的遷徙史，「他們是我從小看熟的族人啊。」出生並成長於花蓮瑞穗的義人如此做結。

（我有意跳過這期間外界熟知的義人義助誠品和雲門的事跡，因我知不少企業財團在基於節稅成立基金會或捐助公益時，通常會有「名牌」考慮，此名牌效應常吸納並排擠其他更需要幫忙的邊緣弱勢到叫不出名字到已斷炊了老久的志工團隊。）

二〇一六年夏某一晚，義人臨時電邀我一起受訪，是下一期《商業周刊》的封面人物，義人不想只用老生重談他公司的豐功偉業，想偷渡一個機會給苦無發聲管道的動保議題（那之前，我們曾約了幾個都在線上打仗的動保團體開過閉門會）。

我記得他在回答《商業周刊》記者時，盡可能用那個世界的法則來說明：「矽谷的成功是在他成功廣納了全世界不分種族、文化、信仰……的人才，豐富多元的所形成的正面效應，我以為動保的意義同樣也在此，為地球留下豐沛多元的物種，我們肯定受益其中。」

那一期的《商周》，義人內行的為動保發聲，振奮了好多默默做到失去人形的志工，他們不約而同說：「這社會一向以為會幫魯蛇貓魯蛇狗說話的想必都是魯蛇人，總算有被公認勝利組的人為動物發聲了。」

這很難嗎？我的有些同樣具人文素養並發了財的老友不作為到令人不解的地步，我只能猜，他們以一種古老的社會達爾文主義來面對來解釋吧，也就是他們都是「物競天擇、適者生存」下的適應者和強者。（潛台詞是，那些不適應的弱者窮人，只能咎由自取的被淘汰吧！）

信奉社會達爾文主義者甚至進一步衍生舉例：為了要讓一朵玫瑰開得美，將同株其他羸弱幼小的花苞摘除是必要的。

（偌大的花園，只開出幾朵絕美的玫瑰的那圖像，何其荒涼啊！）

我寫此篇，最感困難處是對這位行善不欲人知、給野花野草無名樹無名花一條活路的義人，該說出並讓他為人所知嗎？例如做了十年原該是文化部做的老作家紀錄片、如半年前猝逝的陳俊志（我在他姊姊的哀悼感謝文中才知他最後的一段歲月都是義人在默默支助，而他，我相信絕對不是唯一被支助的創作者吧）、如彰化南投之間一三九號公路，默默在抓紮浪浪的愛媽們……

起碼，我有權、也有義務說出我見到的這部分，是吧，索多瑪城的羅德先生童子賢。

二〇一九年五月十四日

共生的時空

從一隻叫大頭的貓說起

去年初的一場酷寒寒流入境，我們家後山社區的傑克警衛通報出現了一隻大黃貓，大黃貓貓況不佳（皮毛零亂、一隻眼似已盲），牠大約是因老病被丟棄的家貓，只靜靜藏身在警衛亭前的一叢花木中。

夜班輪值的傑克警衛（我曾在〈我的浪貓人〉中寫過他），一向善待山坡的浪貓，亭內辦公桌上一個小電鍋，他用來蒸熱便當，有時也清蒸一條魚，有那聞香來的浪貓坐等亭外，他一定人貓公平分食。

不耐戶外酷寒的大頭立即感冒（我們以其特徵命名為大頭），牠缺乏安全感的不肯近人，傑克警衛便以自己的防風外套搭花木叢上為牠遮風寒，立即被開車進出的居民抗議有礙觀瞻。

我們趁著牠正病弱、徒手抓到牠送醫，果然牠一隻眼已盲，醫生本建議不急摘除眼球，只牠因青光眼導致的目盲可能會引發劇痛，而牠不時以手爪撥弄的結果可能會感染惡化，便提早摘除。

我們立即面臨手術的決定，家醫型的動物醫生表明無法做這手術，建議後送到專業設備完備的大醫院，唯術後的隔離休養可在他們處長期住院。

醫生知道我們向來照顧的浪浪眾多，自願幫不開車的我們送至城北，也透過學長學弟交情將手術費降至只需三萬元。

（每面臨此，我總婦人之仁的想多了，想牠即將失去一隻美麗的眼睛、想牠從此得獨眼在外求生、殘破的餘生……）

手術成功。這期間，志工裡年紀唯一比我們長的寶猜私訊我，意欲分攤一部分手術費，我非常感念她的心細，不對其他志工造成壓力的避開群組發言。所謂志工，原就是依自己認知和能力做多做少，我們漸將第一線餵食工作交給年輕力盛的他們，經濟上，自然就多承擔、不增添正要成家育後的他們。世代差異／對抗／仇視，並不存在於志工中。

大頭醫院回來後，自行選擇在警衛亭不遠有一人高的花壇處，花壇的鵝掌木扶疏，天氣好時，我早上出門，總見牠踡臥在其中安睡，牠手術傷口恢復得很好，平整、乾淨，好像從來就是隻獨眼貓似的，給我很大的撫慰。

負責餵食牠的年輕志工乖子和徐多夫妻告訴我，冷雨時牠都會鑽進花壇前路邊一輛死車下，那輛已停了有三五年蓋著帆布的車，是再好不過的街貓庇護所，大雨時，乖子細心的在車底放上一大片棧板怕牠無可坐臥，除此外，乖子徐多也特別給牠添加營養補給品，眼見牠頭好壯壯，但心疼大頭的乖子仍不肯只做到此，她幫大頭物色了一「安養院」——附近的一家動物醫院願意讓乖子分期付款安排牠從此入院生活。此期間，天文也應邀一起去看了醫院環境，是幾位年輕台大獸醫師合開的醫院，有一敞間明亮乾淨的地下室隔離區，若沒有其他動物住院時，大頭是可以自由晃蕩的。

打算送大頭的前一晚，我們約了在花壇處看大頭，天文說：「從此沒有這個太陽這涼風這花叢和這乖子囉……」天文不經意的一句慨歎，仍存猶豫（到底怎樣才是對大頭最好的？）的乖子，當場放棄了送大頭入住可以飽食終老、無災無險也無自由的生活，而代之以有陽光有微風有乖子有我們的餘生。

人族的改變，才能讓動物處境也改變

這兩難，一直存在於志工們、甚至動保團體中。數年前，有一位我敬重的長者善意約了不同主張的動保人坐下來閉門談。

我們對流浪動物的差異在於，我主張並一直在實踐流浪動物的TNR（捕捉、絕育、回置），亦即，與其當時每年公部門抓十數萬隻流浪動物收容並撲殺，不如捕捉同樣數量並絕育放回，讓流浪動物的命運到牠們這一代為止。

爭議在主張捕捉收容撲殺的在意的是流浪動物的動物福利（餐風露宿、朝不保夕），寧願牠們可過七到十二天飽食乾淨的日子再受死，而不受苦終生。

如此主張的團體，是不需質疑、信用良好、動保貢獻豐沛的前行者，我絲毫不懷疑他們的主張和動機，因為這或是兩套不同的價值判斷，「好死不如賴活」或「賴活不如好死」，剝奪生育權以換得生存權或以生存權換得動物福利？

誰也說服不了誰，也或許我們都太過認真執著在思索在設身處地牠們的處境，各自都認為自己才是真正為牠們設想的，而其實掉入了莊子與惠施的濠梁之辯不自知。

也許，這其中我真正在意的還是人吧，人族的改變，才能讓動物處境也改變。

我在意的是動保運動的開展和生命教育的實踐。捕捉撲殺，是喚不起動物志工和常人絲毫熱情的，當他意識到捕捉一隻在便利商店前曬太陽無害的浪犬是要去「送死」（即便死前可以過上幾天飽餐安全的日子），他甚至會阻攔、或大多別過頭去不聞不看公部門的捕捉。相反的，TNR，當他知道這可以改變一隻瘦弱覓食以便回後巷哺乳更瘦的一群幼幼、是「求生」時，起碼我，是有熱情去做這件事的，「求生」可以激發愛動物的人的素樸情感和草根行動，「送死」，是冰冷、並難以對他人言傳的（例如我曾不只一次見過小學生從便利商店出來，分半根熱狗給門口的浪狗吃，我不知有一天該如何告訴他，狗狗被抓走了，只因牠沒家沒主人，但放心，牠會過幾天好日子，然後再安樂死）。

月黑風高，把這些「有生命的垃圾」移除於我們的生活空間外，從此我們又可健康自在繼續過著這世界只宜於人族生存的日子……這比較好？或一隻潦倒無家的浪貓浪犬，一定讓人見了心生不忍、不安、不舒服甚至嫌惡，但這不就是思維啟動的開始？給自己一個說法、給那餵熱狗的孩子一個說法、想想自己和人族與其他物種的關係……

一隻獨眼老街貓，得社區警衛、得我們、得年輕的乖子徐多、年長的寶猜、動物醫院的醫生，和好些個放學時行經牠、停步凝神看牠的人族小孩的關注（以及必定發生的心靈和情感的變化），這，不是捕捉撲殺眼不見為淨的政策所能達到的生命教育不是嗎？

二〇一九年三月十二日

搶救北一女的貓

好些年了，我之所以答應不時回北一女擔任文學獎評審或演講，實非校友懷舊、想去重溫校園儘管改變了不少的一草一木的回憶。我是為了看貓而去，沿著貴陽街牆側濃蔭下懶洋洋曬太陽的貓咪們，盟盟曾從其貓家族中帶回一隻單一手掌即可握攏的美麗小公貓貝斯（九十一級的樂隊貝斯部的女生們還記得嗎？你們曾共同輪流養護了一個暑假，開學時家中怕影響課業不許養，而匆匆託孤給同學的賈寶玉一樣的小貓）。

貝斯兩年後離家未回，我想念牠極了，只能回學校看看牠無鼻獨眼，只有半邊臉的黑貓馬麻，和兄弟姊妹們，望能從牠們身上找到一絲絲貝斯的身影。

那些樹蔭下閒適的貓咪們，成了我對北一女最美好的記憶，和想望。

我曾在一篇〈貓咪不同國〉的貓文章裡提過，旅行不同國度時，我會習慣以他們街貓對人的反應（友善、不懼不理，或夾尾鼠竄）來觀察這國人對其他生命的態度，乃至對「非我族類」的文明狀態。

由此，我很高興，做為一個明星、菁英學校，北一女的生命關懷教育，是進步的，成功的。

話說得太早了。

去秋，有同學告訴我，十幾隻貓咪一夕不見了，並不知是天災，還是人為（例如一般最懶惰落伍無知的作法，將之當無生命的垃圾請環保局抓去，七天後當垃圾處死焚毀）。

既往不咎。

近日，有愛貓的同學告知，學校趁暑假裡執行校務會議的決議，必須「處理」散布在校園角落倖存的大約包括正懷孕的兩母貓在內的十隻貓左右。消息在動保圈激烈迅速的傳開。

做為校友，做為北市動檢所志工和NGO組織「台灣認養地圖」志工，我非常期盼負有教育責任的帶頭學校，在這一堂課不要失分，可以用進步、人道、文明的方式對待，當然，亦可因循舊法。

事實上，經過民間動保團體和愛動物人的努力，以及動檢所嚴一峰所長的大力配合，台北市二〇〇七年有五個里在做街貓TNR，即用原先即在默默照護餵食街貓的愛動物人士的活動，捕捉（Trap）、絕育（Neuter）、放回（Return）的人道方式控制街貓的數量，公部門在TNR中只須負擔其中絕育手術的費用（很諷刺的，此費用不及舊法的捕捉、留置收容所七日、安樂死、焚毀費用的一半），T、R讓原來長期就在做的愛動物人士負責，其他大部分的人，並不須多做什麼，甚至可以繼續你的不喜歡。

街貓們被迫交出牠們的生育繁衍權利，換得我們人族讓牠終其一生（街貓通常只有二到三年壽命）有個活路，做為人族，我們連問過牠們一聲都沒有，如此不平等的交易，別得了便宜又賣乖。

若二〇〇七年證明五個里在街貓數量控制上確實有效（事實上，這是目前歐美先進城市唯一經證實能有效控制街貓數量的辦法），未來，整個台北市將可望改棄舊法舊制而採用TNR。

我們，「台灣認養地圖」的蘇聖傑、同樣是北一女校友、台大外文二年級的葛雁（她和幾名夥伴自己籌款，整個暑假在民生社區TNR了七十幾隻貓）、我，基於同樣焦急的心，（只差沒喊「刀下留人！」）拜訪了校長、總務林宗仁主任、學務簡麗賢主任，並承諾，我們願意協助學校做TNR並自行吸收絕育手術費用。

頗讓我們吃驚的，他們都很誠懇並具知識準備（尤其肩負執行任務的林宗仁主任諮詢了不少獸醫師們和動檢所，對TNR專業知之甚詳），都願意採用人道、進步的做法。

不贊成、沒耐心、不了解TNR做法的並不存於治校的人，但堅持校方立即以舊法的聲浪仍不小，校方基於尊重和保護不同意見的人，不願透露壓力來源，我猜測，是學生家長和一些老師，果真如此，我很願意進一言。

我們常抱怨如今教育體制出來的菁英冷漠自私或只是個專業機器，尤其每見社會新聞中受高等教育的醫生缺乏愛心醫德，或律師利用法律漏洞犯罪，或工程師無能處理區區切身事，或他們普遍對公共事務尤其大量弱勢人權議題全無關心和付出時，我們要怪他們什麼呢，當生活裡的弱小日日在眼前出現（也許樂生病患、外移工、新移民配偶、繳不起營養午餐的學童……都太遠了），我們教他們，你們來學校是專心讀書準備考好大學的，其他事不必理會，貓？叫環保局趕快當垃圾清走一了百了。

如此這般對弱小生命的態度，你們要怪他不懂同情關懷弱小，不懂付出感情溫暖，甚至對家中日漸老衰的父母也不關心不回報……，有什麼好吃驚、好責怪的?!

我希望，北一女不是只在升學考試的表現上走在一代之人之前，我希望它能在對待其他生命上（TNR後，不超過十隻貓），也能走在社會前頭，做其他教育單位的典範。

我希望，長期在默默餵養這些貓咪的同學、老師們，能相對多做一些，把其他不喜歡貓的人的抱怨（例如排洩物問題、除蚤、餵食貓糧而非會引起環境髒亂的便當廚餘）的理由去除或改善。愛貓的無名英雄甚至該站出來，成立社團、嚴肅可做動物權動物倫理生命關懷的探討研究，輕鬆可教同學如何欣賞觀察貓族生態（比看「國際地理頻道」、「探索頻道」要生動即時得多）、消解人族因不了解而對貓族的誤解，進而學習尊重生命、與之共存（地球是大家的，不是單一物種可自大獨享的）。

我願意再囉嗦一次，依貓族的生活形態，就算現存校園的貓全捕捉或全被同學們認養帶回家（這幾乎不可能，很多世代為街貓的後代是不願意也不能與人共居一室的），淨空出來的空間，會繼續有其他外來的貓咪進駐並迅速大量繁殖。不斷的捕捉，除了殘忍粗暴，並不能有效解決問題。

我可以理解，如同社會的縮影，會有默默照護的愛貓同學老師，也同樣有視之如無物如垃圾的人。但這不應被理解為爭執的兩造，主校的人，應意識到而選擇站在進步、文明、人道的那一方，若不如此，可能得有心理準備面對其嚴重的後果，例如國內、國外動保團體的非難以及留下動保不良紀錄難以洗刷。

這絕非恐嚇，而是做為校友的善意提醒，到底這一場，學校教育想留給學生們什麼記憶，不斷的捕捉撲殺的肅殺氣氛，還是除了對同學、師長，還有其他可堪記憶的生命呢？

我對校方的進步想法有信心。我也希望不喜歡不了解街貓的家長老師們，可冷靜思考，進一步的資料知識可尋找「台灣認養地圖協會」http://www.meetpets.idv.tw。

二〇〇七年九月八日

一個小水罐

二〇一七年三月，台北市永康街二號二樓的希羅斯咖啡館被星巴克取代，目睹又一家獨立咖啡館被連鎖企業取代，我只能做到，不再去，和保留著記憶。

因為之前的十年，以筆為業的我們家三個人，是不分晴雨颱風、週末、假日（真的，例如除夕那一天，一定要問清他們大年初幾才開業），都前往報到，唐諾的《世間的名字》、《盡頭》、《眼前》在此完成，海盟的《行雲紀》、《舒蘭河上》亦是，我的《初夏荷花時期的愛情》和《三十三年夢》也在此寫成。

總是上午九點進咖啡館，下午兩點離開（腦力有限，再坐下去就不像了），附近的幾家小店輪著解決中餐，就也吃不膩，此外還可「正記」、「信遠齋」帶些晚餐菜、東門市場蒐羅些收市前隨便賣的蔬果、修傘修鞋換鐘錶電池……，我們再自然不過的生活圈，也因此以為日子會一直這樣過下去。

當然還有當時的松青超市（現在的寶雅生活雜貨），超市地下室一角有個小小的補衣鋪，重要極了，尤其對我這終年夏季一套、冬季一襲類制服的穿衣習慣，不時的在給貓餵藥或戲耍時遭扯破的衣物得以修補，重要性不亞於醫院。

補衣鋪是兩名女子在經營，一熱情的東南亞籍外配或港人移民（口音讓我難以判斷），一終日埋首在縫紉機前長相似原住民的安靜女孩。熱情女子很快發現我的衣物總沾有貓毛，儘管送修前一定洗滌過，但可能是當日身上的沾連所轉印的。

因此我們聊起貓事，才知這塊街區（新生南路、金華街、信義路、金山南路所圍成的）的街貓全是她們在餵養，我吃驚極了，那、那隻天氣好時會在希羅斯窗前曬太陽的剪耳三花貓是你們TNR的？那秀蘭對街空屋牆頭的白臉腹虎斑？松青大樓停車場旁那隻黃虎斑好一陣子沒見了……，「那是黃弟弟，胃口不好抓去檢查出口炎好可憐，現把牠放在張小姐家治療照顧。」

小黃弟弟得此藥，立即開始進食

我們像是失聯的地下黨員同志，急急交換著不會有人知道並解讀的情資密碼，這我也才知她們的上線張小姐是鋼琴老師，專教課後的金華國中學生，她負責賺錢提供貓糧、醫療、絕育的所有費用，原住民女孩負責每天定時定點餵食和觀察記錄。

建議並教會她們如何加入市政府動保處的「街貓TNR計畫」，我說我有某種動物醫院配方的治口炎藥可提供給小黃弟弟，是一種糅合了抗生素、類固醇、維他命、開胃藥的雞尾酒製劑，適口性高，適於餵一天只能見面一次的口炎街貓，惟副作用是長期服用會導致糖尿病，但口炎絕症的生命是月計，糖尿病是年計，權衡過後，我們會選擇以此做為支持性治療。

小黃弟弟得此藥，立即開始進食，我們前以低價後以被捐贈得此藥（醫院知道我們在長期照護街貓故），所以我們當然不收她們藥錢，但張小姐立即託她們贈了我們一大盒甜食。

長期以來，愛媽或該說動保志工老被描述成一群眼中只有動物沒有人的怪物，包括我過去的摯友也如此定調我。我的經驗正相反，邏輯來看其實更簡單不過：會對眼前的受苦動物不忍的人，怎不會對更大型的靈長類哺乳動物的受苦視而不見並袖手；反之，會對眼前的受苦動物搬出各種堂皇怪異的理由以轉移其不作為的人，怎會對其他人族心軟同情並伸援手？

——雖然，我們關起門來時，常無顧忌的忘情痛罵殘酷的人族，因為他們（好吧，我們）是造成了地球上動物們所有悲慘受苦的禍頭子啊——

曾經在台灣國族動員最烈的那些年，每臨選舉，如我這類父輩四九年來台的所謂外省人二代，總會被或正經或獵巫的質問「認同問題」，我被一位立委之妻所成立的基金會以研究計畫之名訪談，其中一題是「兩岸戰起你會選擇哪一邊？」還有一題「你所認同台灣的是什麼？」（那時尚未有「台灣價值」之話術。）對前一題，我回答：「答了算數嗎？就信了嗎？其他族群也得回答同樣的問題嗎？」後一題，我答「一個小水罐」，不是人稱自豪的民主、軟實力、「文明」，不是一〇一大樓，不是自我感覺最美風景的人……

一個小水罐。餵流浪動物的人都知道，飲水往往比食物更迫切更重要，〇七年，郝龍斌市長開罰冷氣滴水後，我熟悉的動物醫院的醫生不只一次的感嘆：「奇怪，近來街貓得腎病和泌尿問題的特別多。」舉此例，無意批評此政策的對錯，只想說明，原來街貓長期、尤其在這種動輒十來天不下雨的酷暑，牠們是靠這冷氣的點點滴滴飲水維生的，所以置水是照護街貓不可少的工作，但這微不足道的工作在中產愛乾淨的台北市卻困難極了，街角任何一個有水的容器總會引發登革熱的疑慮恐慌，儘管其中的水是每日更換不可能有孑孓的。

所以，如何置放那一個個小水罐真是一門學問，要隱藏得正正好，不被人族發現翻倒踩扁清除，又得被貓們察覺飲用。所以，我每又窺得那一個謙卑的、藏在小葉冷水麻叢裡的小水罐，總感到溫暖和不

餵養流浪動物，飲水比食物更迫切。

孤單，因為那後面是如何的有一顆人族熱熱軟軟的大心在著。

是這樣吧，可以容得那樣一個水罐和人心的城市，是我願意留下存活的地方，反之，若有一天，這城連一個水罐都不得容身，是我該離去的時候了（雖然我從未想過要去哪裡）。

這，該可以算是一種台灣認同吧。

二〇一八年六月十二日

徒法不足以自行

這是發生在二〇一五年的一則公案，至今懸而未解，甚至狀況更險峻。

我得從再早些說起。

世紀初的十年，由於我的一干友人紛紛投入（或該說原就已在做）社運和公民運動（都是扎扎實實的蹲點，有別於之前和之後被政治力收編的那種社運），我在參與例如工運秋鬥的場上，會令人錯愕提一提南洋姊妹會的處境（亦即俗稱的東南亞新娘），而在參與南洋姊妹會活動時會說說城市原住民如三鶯部落的即將面臨第N度的拆除迫遷；我在與三鶯部落交流時會說說我熟悉而做白了頭的動保現實狀況，而在一次一次動保社團演講或里民大會，我一定撥出一些時間談談移工們目前的處境……

這些我自知近乎白目的言行，我猜當時的自己可能自覺有義務告訴這些邊緣弱勢人權團體：「你們在台灣並非是最慘最孤立無助的。」二可能是希望彼此之間能建立起一些連帶並互相聲援的關係，不讓貪得無饜的政治勢力動不動就伸手進來掠奪接收運動成果。

一五年秋天某日，我參加一場徵文的頒獎典禮，那是我參與了為期半年，宣傳、審稿、評審會議的第二屆移工文學獎（專為東南亞國籍在台工作或婚姻者所辦的），而我們看到的是全部已經譯成中文的印尼、菲律賓、泰國、越南的母語寫作作品，可想見這獎項不同於其他文學獎的艱鉅並繁瑣的過程，要不是有當過《立報》、《四方報》總編輯和創辦過「燦爛時光東南亞主題書店」的張正、廖雲章夫妻悲願式的投身於此，幾乎是不可能的工程。

（此間，我無能多做什麼，只能將演講評審費捐回給主辦方，所寫的書序稿費訂了多份越南文的《四方報》給在外公家工作的越南女孩阿梅和她的友人們，讓她們能稍不孤單。）

這之前的大半年，我的一些在照護流浪動物的志工友人們頻發不解和求援的信息，不解為何近時如此多餵食照護的浪浪不見了，又或出現的浪浪多有被打斷腳、打爆眼、身上滿是刀傷……（與過往的車禍傷、同類相殘傷大不同）

志工們求助於地方政府的公權力，不令人意外的被視為這是貓狗小事無暇處理，因為連史上自稱最愛動物的領導人都以為認領了兩隻貓或幾隻退休導盲犬，便覺得從此動保工作就做完了。

天人交戰

這曠廢時日、心力的追查過程我一筆帶過，民間自力救濟的結論是：工業區某國籍的移工週末休假以獵食貓狗為休閒活動，他們在自己的臉書放上開心的炫耀鮮血一地剛處理好的屠體，或歡笑的烤、煮一隻貓或狗的照片……

公部門不作為，大家只好祭出法律，法律的依據是：依就業服務法第七十三條第六款規定，外籍勞工如觸犯動物保護法之刑事罰責部分，且經檢察官起訴或經法院一審判決有罪，勞動部將依就業服務法第七十三條第六款及第七十四條規定，廢止其聘僱許可，並限令出國且不得再入國工作。

我在前往頒獎的公車上，接到一個愛媽冷靜到不正常的求助：「小黃給打癱了，站不起來，我沒有錢帶牠去看醫生，我寧願牠第一棒就被外勞打死，好好吃了，起碼牠這一生不是像其他人說的一點用都沒有。」

這一生，我從沒如此陷入天人交戰過，該不該在應是充滿歡喜的頒獎典禮上、代表評審們致辭時順帶說出此事，因為若像某些動保團體的一直想大聲宣戰或動私刑，只能讓原已歧視移工的台灣社會歧見更深（我不贊成也試圖阻止），而在特定場合，這訊息比較能準確的傳達到該知曉的人耳裡。

於是在感謝過主辦單位的辛苦和恭喜過得獎人後，我如此說：「我除了關心移工議題，也長期在關心動物保護議題，以下的發言，無涉每一個國家的文化、傳統、習俗……，我只是要提醒說明，台灣有一部動物保護法，若隨意捕食哪怕是無主的狗貓，都會觸犯法律，若觸法經判決確定，會被遣送出境、並永遠不能再入境工作。我深知大家花費了巨大的仲介費才能入境工作，很不願見到因為不知法而觸法、而失去工作的機會。」

我從在場的張正的鐵青的臉色，知道，唉……

這就是多元價值衝突嗎？我不知道若換作是其他也關注這兩項議題的人，會如何做？

其後數月，還是動平會的憶珊下海幫忙農委會收拾，他們連續每個週末，在移工會出遊集結的如六都的火車站，以某國文字寫成小看板，請志工們舉牌整天，內容極盡可能中性，slogan 是「保障工作權！」、之後簡短陳述動保法相關條文及其觸法後的處置後果。

至於我自己呢？從此被牢牢貼了個「XXX只愛台灣貓、不愛台灣人」的標籤不去，紅字似的。眾口云云之中還有一位大學者，此學者原也是東南亞國籍，也愛貓狗，我超想知道，他若是面對同樣處境，會做什麼選擇，怎麼做？

至於我愛不愛台灣人（天音：超不愛！），我超不愛那種只將自己的利益置於所有之上，以秩序、乾淨、安全為名公然歧視其他物種的某些台灣人，嘔，不只不愛台灣人，我還超不愛那種以為地球只宜於人、只容許更好是一己生存的管他哪國人！

但為何這麼些年後重提這一則公案？因為不久前，報載「去年十月台中汙水廠兩名某國移工養狗殺狗吃狗，一審判決一人拘役四十天，罰三萬，另一人拘役三十天，罰二萬」。

因為過去虐殺、宰殺貓狗都判輕罪，動保人士才會修法，將刑責從一年提高到兩年。

我們每以不文明的鄰居強國至今無動保法自傲，但徒然有了法，依舊充斥著認為貓狗是小事的恐龍法官。

總其結果，我們還能如此自我感覺良好嗎？

二〇一九年七月九日

逃兵

由於前一篇的〈徒法不足以自行〉提及了我某些長期蹲點做社運的友人，發表後，一些半熟不熟的朋友略表吃驚的說：「都不知道作家們還要做那麼多公益，原以為……」他們不好多說，我替他們補完不方便的以為，「以為作家都不食人間煙火，每天在恆溫的書房或咖啡館裡不接地氣的沉浸在自己幻想世界裡？」

聽者露出感謝和不好意思的笑容。

其實他們無需為自己對作家的刻板印象感到抱歉，因為兩樣都是真實的我的狀態：每天務能卡出幾小時進咖啡館，面對筆記本，寫一些或寫不出，那是另一個世界的我，不為利誘（看吧，不食人間煙火），不為勢奪（我以為，拒絕權勢不難，但要不被弱勢同情所挾持，難）。

作為一個公民，我喜歡他人、我自己心軟軟的，不服從叢林法則、不大小眼、聞聲救苦……，但作為一個寫作的人，我必須堅硬心腸，逼視人的種種面向、質素，以及在不同處境裡的價值排序或缺乏……，這個「人」，包括無論強者弱勢、勝利者魯蛇，一個也不放過。

所以，其實在社會工作參與上，我是十足的逃兵，不是為了保護有限的時間和資源，而是更想保有一份不讓同情、不忍和淚水沒頂的理性清明。

作為一名逃兵，我逃得可多了。

隨手舉二三例。

世紀初，因「族盟」（「族群平等行動聯盟」）結識為好友的顧玉玲，那時在TIWA台灣國際勞工組織工作的玉玲，屢屢邀我參與他們軟性活動那部分（相較於街頭衝撞抗爭如例行的秋鬥），但用軟性活動來描述實在有點輕佻，因在我看來，那是得十分耐煩的工程，例如移工攝影展，玉玲先想辦法四處募得一批二手相機，贈予想以攝影記錄下眼下所見的移工們，經投稿、評審後，選出一批作品陳列在他們假日在聖多福天主堂做完彌撒後習慣群聚的撫順小公園展出。

我自己、和帶不同友人去看了好幾回那奇特的攝影展，簡直覺得被「喊國王沒穿衣服的小孩」似的，揭開我們自以為高人一等的文明生活。

十多年後的今天，她們在哪裡？

至今，我還清楚記得幾部作品，一幅是家庭看護移工所住的臥室房門，沒有鎖和門栓，以便僱主可隨時推門進來使喚她；一幅是地板上攤成美麗扇形的電話卡，不言而喻的沉重的鄉愁；另一幅是可愛開心的三四歲小女孩，手指腳趾縫裡插著一支支彩色筆，大概以為自己是隻暴龍或貓科動物吧，因她得意的仰視對拍攝人笑著，拍攝人為這名台灣孩子下了個標題，類似「My Beautiful Baby」（我真想知道十多年後的今天，她們在哪裡？她們還在彼此的心底深處嗎？或是個什麼樣的痕跡？）

玉玲做這些，是意圖在為他們爭取該有的生存和勞動權益外，還能有完整的自我和隨之而來的強韌心志吧。

我沒猜錯，因為之後玉玲開口邀我幫他們上寫作課，教他們如何以各自的母語寫下在島國的這一場際遇。我火速先推給唐諾，後來再推給鍾怡雯，我給了自己很正當的理由：「我連中文寫作都沒教過，遑論其他！」

我的作家友人安慰我的逃跑：「他們陳義過高，很難做到的。」

同樣「陳義過高」的還有夏曉鵑，曉鵑在上個世紀末葉（一九九五年）於美濃創立「外籍新娘識字班」，經八年的培力工作，於二〇〇三年在新移民女性的積極參與下成立「南洋台灣姊妹會」，致力於台灣移民／工運動的推動，並積極與國外移民／工運動團體結盟，著作包括《流離尋岸》、《不要叫我外籍新娘》等……

〇五年夏天，曉鵑邀我和侯導、唐諾去了一趟美濃，看看她們「陳義過高」的夢想。她們不以能識中文、編不同國語文的中文教材滿足，這些南洋姊妹們，占人口外流嚴重的美濃鎮的移入人口的大半，子女漸長，她們不甘心原先母國受的中高等教育或本事除了家庭全無施展餘地，婆家在美濃的曉鵑，找到了幾個廢棄的菸樓，姊妹們打算規劃為民宿，布置成一間間母國文化元素的如泰國屋、越南屋、印尼屋、柬埔寨屋……，餐廳則輪流供應各自拿手的母國料理……，正經的導覽完，她們相視一笑，「這樣我們大年初二就也有娘家可回了。」

姊妹們說著我熟悉的四縣客家話（那也是我的母語啊），曉鵑說，台灣的客委會才該頒姊妹們獎呢，因為客語的存續顯見寄望在她們身上。

日後我完全沒能為姊妹們做什麼，尤其在曾經對外配的入籍法令近乎歧視刁難的年代，姊妹們要求修改的抗爭過程，我全遠遠的看，只一年一度荷包帶足去參與她們的年終聚會，買好買滿姊妹們做的手工藝品和、唔好吃極了的辣醬。

這幾年，我忙於人少資源少的動保工作，較少積極追蹤姊妹們的近況，暗暗希望如同交工樂隊為她們做過的歌曲〈日久他鄉是故鄉〉。

逃得還不夠，正在逃的是黃泰山二〇一九年三月開始推的「要求政府修法，明訂縣市政府應全面絕育流浪貓狗」的公投連署。

這應該無所遁逃的事，但也許對滅頂於其中多年的我而言，我深深了解流浪動物議題在絕大多數自以為是中產階級要求乾淨和秩序的台灣人來說，這不是倒數第一、起碼也是第二的冷議題，毫無任何社會動能。

即便經動保團體歷年來的努力宣傳溝通，地方政府也都了解要有效並人道的管控流浪動物數量，只有TNVR，但縣市政府至多只肯撥款用於動物的直接絕育手術費用，而視捕捉運送（更別提之前長期的餵食、觀察、統計）的專業志工人力是無償的，所以三天打魚兩天曬網的（不）作為，是趕不上漫山遍野的流浪動物的繁殖速度的。

日前我見泰山在臉書上募電扇，只因整理連署書的志工在沒有空調的簡陋室內、汗如雨下至糊了字跡。

此期間，我氣喘幾度急發，頻頻進出醫院，其中一次還因肺炎住院了一週。

不逃、也算逃了。

對於像精衛填海、完全不自量力（身體比我還糟）的泰山，我掩面能逃、就逃，只能繼續做逃兵吧。

二〇一九年八月十三日

厭世文

年愈長，愈嚮往一種生活，關鍵字是：就藪澤、處閑曠、衲衣、草鞋。

就也才發覺，如此的日子，已其實過了快半生，只幾個月前棄了草鞋、買了我此生第二雙馬汀大夫鞋，相信之於我這日行十五公里的行者，它會陪伴到我生命最終。

何以發此厭世文？因為有太多的死亡、太多的悲傷，這似乎是與動物相處必然有的處境，幾年前，我曾應邀寄數語給香港的《字花》雜誌，說明此：

「我和姊姊天文做動保志工且領有市政府動保處受訓過的志工證多年，最感困難的並非物資（少買個包、穿舊衣即可），也非時間（其實隨年益長快覺得分身乏術了），而是感情。

明明記得牠還是小奶貓的可憐樣（其母來接受我們每日定時定點的餵食，牠那頭哇哇大哭聲震社區中庭），我們還沒見過牠，就已將牠命名為烏鴉鴉。

明明記得牠的可愛，我們在等牠媽媽和其他街貓用餐時，牠總把握片刻磨蹭蹲坐的我們或乾脆跳到圍裙上埋頭溫存。

即便如此，我們未曾動過念頭把牠帶回始終有十五到二十隻貓的我們家，因烏鴉鴉家族所在的社區被我們多年宣導下來尚稱友善，便決定讓牠就地自由生活。

記得牠威風的盛年（儘管絕育了，牠仍執拗的把誤闖入牠那郵票大小的地盤的其他街貓喝斥逐出）。

記得最好的時光，牠在那洋紫荊花落一地的粉紅台階盡頭現身，伸個大懶腰，一刻不錯過的前來磨蹭你腳踝、鞋子，第兩千一百九十次的對你說，你是牠在這世上最親愛的人。

牠旋即病了，你帶牠去牠從未進過的人的醫院的燈光的器具下檢查，檢驗報告還沒出來，牠在你臥室桌下靜靜的離開了。

醫生說，六歲是街貓的晚年……

一直有人要我簡單描述動保志工或（愛動物的人族）與動物的關係。——吸血鬼吧，永生不死的吸血鬼，總必須一次一次目睹短命於你的所愛的幼年、成長、盛年、華美、老衰、離去。

烏鴉鴉是我們每年得送別的眾街貓之一，而我們照例想不開也無法保護自己的，次次老吸血鬼一樣的熱淚如傾大哭一場。」

這文中的烏鴉鴉可代換成乳乳、Totoro、臨臨（今年逝去十六歲、二歲半不等的家庭貓族成員）。

完全不能釋然。

黑襯衫與肉泥罐

關於就藪澤，我們住了四十六年的老屋可算是，而我每天工作的咖啡館也築在曾經的河道上，儘管它處於台北東區繁華之地，但白日水木清華的往往只我們一家仨各自據一桌、面對書稿或電腦幹著傻事，夜晚，它彷若聊齋大墓一樣的是一間燈火人聲鼎沸的夜店。

心思上，倒是處閑曠的，或該說，努力讓自己處於閑曠（儘管努力、閑曠，這似乎是個悖論）。

關於衲衣，有時我真希望全世界能約好了人人都穿冬夏二季制服，如此我才不致顯得過於失禮怪異。多年來，我老是對皮毛打扮之事意興闌珊，不照鏡、不梳妝、不接受不熟悉的體重和體態，只要碰到一件可天天穿天天洗還隔夜就乾的衣服，就天天穿它，因此數年前發現，Uniqlo 有一款短袖黑襯衫完全符合此要件，便一口氣買了六件並向家人開心宣稱，這足可以伴我到八十歲並此生再不需花一秒鐘再選購衣服了。

只不幸我不知該如何面對每天咖啡館的工作人員，我太想在胸口別一字條「我有洗澡、我有更衣」，我猜想，要是有一天我穿了不同的衣服進店，會有一名工作人員當場掏出一張鈔票給另一人，只因打賭我這輩子只此一件衣服的人賭輸了。

有很多原因讓我過如此的生活，好比 Uniqlo 的黑襯衫最低折扣時一件四百九十元台幣，足可以讓我買十一罐老貓肉泥罐有找，讓幾隻胃口不佳或口炎拔了牙的貓可食慾大開；一件冬季外套可供二隻母街貓絕育；一個夢幻包包可資助一個愛媽救援一隻重病街貓的醫療費……

我的世界裡的價值／價格已成了這樣。

不知不覺，我已當它成一種修行、一種淬礪自身的方式，佛教信仰中的六度萬行的修行：布施、持戒、忍辱、精進、禪定、智慧，其中唯獨忍辱我簡直半點都做不到，出於無知或惡意的誤解我倒是不在意，我不解更驚怒的是那曾經熟悉的友人的粗暴凌辱，例如三年前一位老友對我潑穢，心性喜好高潔的我，至今無法不嗅到其臭。

我甚至與人人爭相討好的年輕世代「決裂」，只因不願像我同代之人按捺自我的只肯當啦啦隊，或開口閉口「保護年輕人」、「不要打壓年輕人」……，一心爭取被年輕世代認為「他是我們的人」，我以為世代相處最健康有益的應該是坦誠，坦誠的說出自身的所見（走在前頭的我們看到荒原斷崖噤聲不語嗎？）、所感、所思、所惑，才是良好的溝通開始不是？而非一味討好鼓勵、報喜不報憂，那我們豈不癡長白活了這數十年？

虛張聲勢只能引來虛張聲勢，仇恨只能引來仇恨，坦誠（包括一己的優點或缺失）才能帶來彼此的坦誠。

但我見過同代之人戴錦華遠勝於我的天真和坦誠，在北大任教的她在一場演講中對年輕學生們坦承，彼此有鴻溝也似的代溝，她不討好不告饒的坦言：「因此我選擇留在屬於我自己的年代，我不擔心自己成了任何意義上的『九斤老太』，因為我選擇的位置是邊緣對中心，夢想對現實，反叛對秩序，『幼稚』對成熟……」

她說得可真好不是？

——寫在我弟弟臨臨離世十天，原以為牠會伴我到七十六歲

二〇一八年十二月十一日

我們姊妹仨

一七年三月母親過世，我們不很願意面對現實的費時一年多才辦完所有事，才發現母親的帳戶還有一項近六位數的存款，於是我擅自決定，以此款項做為我們姊妹仨去京都看葵祭的旅費，相信喜歡家人同聚吃吃玩玩遊蕩的母親會喜歡這樣的處理。

像很多人一樣，相差各二歲的姊妹仨，多年來各自忙著戀愛、結婚或不結婚、中年更忙，以至於轉眼就錯過了二、三十年的相處相伴，所以，刻意並順利的訂到京都的「我們家」——一家整棟西式的商務旅館、只例外兩間的和式房中的大間——這房，多年來住過我和唐諾海盟、住過我媽和天衣女兒符容，榻榻米上日常的歡聚場景，歷歷在目。

大約十三疊大的房間，旅館為我們鋪好了三個臥鋪，我們圍桌坐下喝茶、吃第一時間趕高島屋超市打烊前撈到的枇杷和草莓，三人大呼：「好幸福！」也才拼湊記憶，上一次三人如此共居一室，可能是中學前隨父母出遊吧。

此行，金牛座的天衣負責管帳記帳，處女座的天文沒人要她負責但她自動負責整理行李衣物收拾房間，我呢，憑窗看看街景，憶憶前此在這窗口想心事的三十、四十、五十歲時的自己，誰叫我是浪漫多感的雙魚座呢。

我向姊妹指出，當時母親睡那裡、十歲的符容睡這裡、吃什麼、聊什麼、吵什麼（牌技一流的符容小朋友每贏了婆婆、而婆婆不肯認輸等等）……，也才嘆服當年的自己好有勇氣，帶著七十歲的母親、高中生海盟和根本小孩子的符容、三位興趣體力個性食癖殊異的老小同遊。

臨睡，各據一角的天文、天衣拍拍枕頭、羽絨被大呼：「怎麼可能那麼幸福、怎麼可能就這樣睡了！」

她們並沒誇張半分，說的全是肺腑之言，因為天文睡前得一一餵妥屋內十二隻貓，幾隻老貓的食物不同（腎衰、泌尿、便秘），其中腎衰的那位還得打皮下點滴、餵食鉀寶、倍補血和中藥腎興膠囊、隔週定期打補血針，而挨針的貓，通常不會乖乖就範，常時躲院子躲陽台躲門前車底，護理師性格的天文沒做完每日的這些例行醫療是不可能入睡的，這一僵持，往往就凌晨三、四點了。

天衣也有七隻收入屋內的浪貓，雖較年輕無恙，但終歸多貓家庭總生得出許多雜瑣事來。

第一夜，我們都忍住了不打電話回去給留守的家人，探問屋內屋外的貓們都可好可如常？

早過了《細雪》中姊妹的年紀

五月中的京都，梅雨季的新綠對我而言勝過櫻花、楓葉、雪景，是我最不願意錯過的時節，便在這樣的早晨，姊妹仨，每早走在垂柳與櫻花樹合織成拱廊的木屋町通，前往三條交口的小川咖啡吃早餐。我總故意走在後頭，拍她們的身影，天文風中搖曳的紫裙裾、天衣唐人似的頎長，不禁想起行前，侯導說該有人跟隨拍下三人，像《細雪》、也像小津的電影。

我們早過了《細雪》中姊妹們的年紀，比較接近小津電影裡的日常，既安穩又微波不止的憂煩所有人都會憂煩的事，而憂煩的同時，又泰然自若地走到人生這階段並好奇著日後還會如何？

三人人生同行，天文總走在最後左顧右盼風景看不完事事看入眼，天衣腿長走前頭，老是不自禁的以手一路刮牆而過，像我三歲時剛認得一歲學走路的她、腿兒彎彎剛能獨立走路，老扶摸竹籬笆想尾隨我。而最熟悉京都的是我，誰叫我多年來來京都已超過四十次了吧，所以老跑前跑後提醒她們看哪一家店的櫥窗擺設或暖簾、哪一條巷、哪一片牆、哪一棵樹，或那路旁看似尋常的綠叢曾經如何的繁花盛開，又哪一家咖啡館曾是父親母親歇腿喝過咖啡的……，而那時的母親，比我們現在三人都年輕啊……

便在葵祭的那一天，姊妹早早搶好了丸太町河原町交界的十字路邊花壇短垣上，因長近一公里的遊行行列會在這裡緩緩的大轉彎，如此，正面、側面，可看個全。

因為母親不妝容，我們仨便也不（會）梳妝了多年，三人被上午十一點穿過無阻攔的空氣的陽光給曬得一臉汗水雀斑，互望望，是時間大河中的某一刻，小學生暑假的我們在田野裡瘋玩相覷喘息的面容。

我們隨俗的看至齋王代（遊行行列的女主角、原是皇女親自出巡），其輿車上是這季節盛開的紫藤花、呈流蘇狀的垂簾一般，她著十二層衣，低眉含笑。

天文立即平行隊伍而去，專注看著女官、陪從、乃至神馬的裝飾；我但凡人一多就失了興趣，便敷衍著隨人潮前行，途中的人行道上，哪戶人家的老婆婆乾乾淨淨著盛裝坐在一張凳子上看遊行，她有九十歲了吧，可以想見一定年年如此的從不錯過，流年暗轉偷換，讓我再次想起那句詩：「我與始皇同望海，海中仙人笑是非」，我真羨慕她已成了時間大河的岸上風景，誰在看誰都不知道呢。

（我真希望，自己與時間／大化的關係也是這般的。）

幸虧是手機的年代，三人人潮中早走散了也不著急，最終在出町大橋橋頭又重會合，只見對街人群中天衣開心的高高舉著一盒和菓子，那是桝形市場口著名的和菓子店，平日總排人龍，沒想到反倒在人人只顧趕葵祭熱鬧的這一天，順利買到口味齊全的一大盒。

於是我們坐在糺之森裡邊分食不同口味的和菓糰子，邊看流鏑馬（騎馬射箭），白衣白褲疾馳閃逝於綠森光影中，人生天地之間，若白駒過隙，忽然而已。

姊妹獨處的最後一個上午（因之後是大陸好友小熊領她「界面」的八個同事來京都旅遊），我們去北山的府立植物園，原只想學川端《古都》裡千重子在梅雨過後的逛植物園。沒想到我們巧遇那五月的玫瑰園，千株各種品種顏色的玫瑰像夢境一樣的盛開，讓遊園的人都不自禁的小聲說話，都生怕驚醒了那夢似的。

我們難以揀擇的這叢那叢還是白玫瑰最美不過奶油粉紅更美但都不如鵝黃的好香啊……

花兒們芳華正盛，我們有幸見證。

二〇一八年七月十日

哪吒盟盟

三十二年前的農曆新年初三清晨，比預產期提早一星期的，我終於再無法忍受每五分鐘的陣痛，儘管陣痛中，倒也斷續收妥了住院行李，給盆栽們一一澆了水，推醒即將做爹的那位該叫計程車了。

計程車司機怕我在他車上生孩子似的只得全速飆車，清晨加上新年台北幾近空城，沒騙你，我們從文山區到榮總，費時不到十分鐘。

就如同昨日清晨的情景尚歷歷在目，車行跨越基隆河的圓山高架，但凡人從高處望遠，就會興起不日常的感受吧，我的感慨是「再經過這段路時，我的整個世界就不同了。」

三十二年後八月二十九日，車行過同一個地點，似曾相識之感襲來，興起完全一樣的感慨，因為，次日，我的孩子海盟要動摘除女性器官（子宮卵巢輸卵管陰道）和胸部切除的手術。

海盟循台灣的法律規定，耐心走完連續兩年定期每月看不同醫院兩位精神科醫生的流程，取得鑑定書，做過術前所需的所有檢查，約妥了婦產科醫生和整形外科醫生，商定了手術日。

亞斯伯格星球人的盟哥，做妥了變性前後能做的所有功課包括同溫層的聚會，不無些許興奮的期待手術的這天。

盟爸爸呢，他說，無論盟變成一個大男生、或少婦或為人母，都不半點影響那段他與一個皺著眉專注看世界的大頭妹妹的所有情誼和記憶。

盟媽媽我，第一次被喚出媽媽魂的難免陷入焦慮，那，那《丹麥女孩》術後清晨她蒼白失血含笑而終的畫面揮之不去（我知道啦我知道啦是一百年前的醫療環境和水準），誰叫不知從盟幾歲起我們的關係就不似母女而是玩伴，搶同一種食物，比賽認野草野花魚蟲（好吧這項輸得徹底，誰叫他腦裡早就下載了那個認植物的ＡＰＰ）、比記憶力（跟亞星人比這個簡直找死）、比走路（目前平手）、比閱讀、比手遊、比每天誰寫的字多、比心緒安定（當然悠遊物外的水瓶他要天然勝過暗濤洶湧的雙魚我）……

他已多年少喊我媽，都喚大呆，乃至好久後才知他幫我設定的一些社群暱稱ＩＤ就叫「大呆」。

他不能忍受被人碰觸身體哪怕只是問路人或兜售小販的戳戳他肩膀，所以他術後的六天我們沒請看護幫忙，只我沒日沒夜的陪伴坐臥他床邊的躺椅，有好友問候完他術後狀況順便關注我，我回答：「就像隻母貓護崽狀。」因為找不到更妥適的形容。

關於跨性別，這事其實早有跡象，盟自小抱貓抱狗抱恐龍模型不抱洋娃娃、不愛裙裝、不提醒就不洗臉梳頭、不愛美、我狗仔一樣偷拍的所有他的照片都是閃躲中的背影屁股照，只除少數的要求：「可以和長頸鹿一起合照一張嗎？」「可以幫忙抱著貓家美（或蛇頸龍）照一張嗎？」

他不與班上女生弄小圈圈，因此沒什麼朋友，唯一二帶回家一起看平劇、畫畫的同學照眼就知是小ＧＡＹ，他宣告已與此同學約好：「將來我的兩個碗換你的那根把子。」

盟一直存錢，因為沒啥花費（高中大學仍堅持一雙鞋到底因為又不是蜈蚣、堅持穿仍穿得下的「愛的世界」童裝襯衫、大學時期仍穿高中的黑制服長褲因為沒破沒綻且好舒服……），他唯一的花費是每一、二年來台公演的中京院，盟總戲碼勾一勾，毫不吝惜的買凡有于魁智的老生戲票看，像個紈袴子弟坐在最好的位置看得臉笑鼓鼓；還有去年專程去東京看披頭四的老小孩保羅．麥卡尼的演唱會，此二人、與《國家地理雜誌》的「空中浩劫」單元塞滿他的MP4裡。

他存錢為了有一天能動那「兩個碗換一個把子」的手術。這大願在他的成長期曾斷斷續續提出過，我只能謹慎的扮演反方辯論了好多回，最終被他的兩句話給說服，「我寧願以一個男身死在手術台上，也不要以一個女身長命百歲。」

仍有不少躲在黑暗角落像盟一樣的人

便開始走流程。同溫層中，他算是幸運、得家人支持、也不在意社會的他人眼光（當然，此中我得感謝《鏡週刊》的人物專訪記者鍾岳明，他在二〇一七年的專訪中，忠實、平靜、專業的訪談，未以獵奇的眼光和筆，讓盟淪為畸人），但我在意的是仍有不少躲在黑暗角落像盟一樣的人、或同志蕾絲，他們不需這社會同情，只需寬容與尊重他們的存在和尊嚴，會這麼說，是立即想到我某些群組中的恐同厭同言論，我覺得真是夠了，或許我們正巧幸運的生為人多的異性戀，因此得以安穩的活在我們建造出來的法律、傳統、道德、制度、甚至信仰下，但我們別得了便宜賣乖，別倒過來指指點點嫌惡那些雖為少數但無法納入保護傘下的LGBT，並還規定指導她他們該過哪樣的人生。

真是夠了。

如今的盟哥，像刮肉還母剔骨還父的哪吒、身上還掛著兩個手術後的引流管未拆，儘管未來的路還長得很，但已可憑手術證明去戶政機關改身分證上的性別欄了。

慢慢來。

對於這個依醫囑使用了半年男性賀爾蒙，已長出些許鬍鬚、滿臉痘痘、公鴨嗓、汗很臭的國中男生樣子的室友，我可有任何叮囑？有啊一長串，首先，不要光只是個男生，要當一個心胸寬闊、勇敢、正直、慷慨、灑脫的男生，如XX、如XX、如XXX（半天，我也才想出三個名字），願上天保佑你善用天賦資質，願你平安、健康、快樂……

多像是對一個新生兒的祝福與期許！——新生兒？可不是！

二〇一八年九月十一日

讀貓園的那布郎

記不得是幾年前了，我每天進出搭的文湖線捷運每緩緩進麟光站時，眼前的右邊窗外總電影慢鏡頭似的出現一排老舊公寓，因那車速，我得以一眼捕獲聚焦那家三層樓的店家，先是大大的店招「貓咪遊樂園希望館」、「我認養，我不棄養」，而後二樓整片透明玻璃窗內貓影重重……

如此的每日一幅既熟悉又其實陌生到讓我好奇極了的畫面，有一天，我竟恍若看見二樓懸掛的布幅「來看貓吧，XXX小姐」，啊，那是電影《來跳舞吧》中，李察·吉爾每日通勤的車窗外出現的跳舞教室：練舞的身影、憂傷凝神的女人側臉……，後來他因故不再前往練舞的日子，教室外懸掛的布條寫著「來跳舞吧，克拉克先生」。

我想太多了。

終於我提口大氣，打算探一探他們（因為一個無論中途認養或照護街貓的人類背後，都有淚山淚海的故事），上網搜尋。

女主人網名那布郎，多年來專責從收容所接回一窩一窩的小奶貓，這些有的未開眼的奶貓，在沒有母貓在旁的收容所，通常不需要安樂死只能活一二日，那布郎接回牠們後，像人族照顧人孩一樣的一隻隻每隔幾小時得一一餵奶（想想不小心生了四胞胎的境遇吧），奶至可以斷奶獨立，便放二樓咖啡館的透明玻璃櫥窗區內待認養，因此三樓是貓中途照養區和貓旅館，一樓是動物用品店。

那布郎小我整整一個世代，個性甜美生猛，既母性又小女孩（這可不是在說同為雙魚座的我），她自有大自二十齡小至剛進小學的人孩四枚，再再都需要她大量的時間、精力和愛，我簡直不知她哪兒來的這源源不絕的能量、時間和感情，我不知她是如何辦到的。她文如其人的生命力十足，我嗜讀她的臉書（她曾得過聯文新人獎首獎），不惜翻找回她的一篇篇骨灰文，不敢一口氣看太多，因為感情和淚水和笑聲不夠支應。

終於，我藉聆聽一場作家兼動保友人的演講混進店裡（那布郎常定期辦講座、演唱會、手作課等等，二樓店內就算滿座也只能容二十人吧，任何以商業或營利為考慮的人是不會做此傻事的），我都沒專心聆聽，小粉絲闖入偶像家似的頻頻暗中打量搜尋正躲在一角靜靜聽講的那布郎、吧檯後備餐的孩子爹杜先生、乃至送餐的大人孩老妮、乃至大概忍到演講結束才揉著眼上樓找媽媽哭訴撒嬌的幼人孩晶晶，傳說中的晶晶。

好些年了，除了動物，我已經失去對人族的好奇和感情和信心，從沒想到，會在他們一家身上一絲一縷的緩緩收拾起。

那初見面的一日，我把握機會問了那布郎一句我想了好久的問題：「是什麼支撐你做這些的？尤其是生存希望最渺茫的小奶貓？」

那布郎毫不遲疑的回答：「因為牠們在等我呀。」

那布郎且邀我同往收容所，前往那最深最幽暗最不為人知的區塊。

我逃走了，並暗暗告訴自己：「沒關係，你也做得很多了。」

一六年，台北市某議員以爆黑幕揭弊案的姿態糾舉「動保蟑螂」，直接點名讀貓園每年從收容所以政府補助每隻三千元的條件領養出大量奶貓，但根據紀錄死亡率近五成，所以必定是那種骯髒、凌亂、不負責任、假愛護動物之名行募款之實的某些真正的「動保蟑螂」。

其實照護街貓的人都知道，脆弱的小生命只要進出幾次醫院的醫療費用就遠不止三千元，就算健康順利成長的貓，在等到或遲等不到認養前，就不吃不拉不需照養花費嗎？

那布郎立即被網民圍毆霸凌，我記得她在面對媒體追訪中只說了句：「大家為什麼不看這些沒媽的小貓存活率超過五成呢？」

幸虧她的長期信用、和一直依賴她解決貓口爆炸的收容所們知情，她在該議員實地查訪並公開道歉後，度過這一關。

從兩年前起，那布郎不時的環島徒步苦行，她背後貼著「我領養，我不棄養」、「校園犬計畫」布條，接續上一回走的地點，不分季節晴雨日行三十公里。

臉友們都知道她有罕見的「纖維肌痛症」（她說痛起來像渾身每一個部位都在生孩子），盛夏時走在一無遮蔭的彰化雲林的西海岸公路，我滑完她的文和照片，又逃走了。

（我也總不乏理由，如出國開會演講、還數篇稿債、看評審稿、抓一隻好難抓的母街貓去絕育……）

終於這一次，十二月二十二到二十五日，我終能與她同行，依預定計畫我們打算從花蓮走至台東，日行三十公里，我敢於跟隨，是因那裡空氣較良好，季節宜人，對我這氣喘病患不致路上給人添亂。

我有幸在這對他人而言或悠閒或覺已無大願大志的年紀，能遇到有志一同的戰友，並像一名武士一樣的尾隨護衛她同行（唉又想太多了）。

所以，那幾天，若有開車行經玉里至台東出遊的車，正巧看到路邊走著的揹負「我認養，我不棄養」、「我支持校園犬計畫」布條的踽踽身影，請放慢車速，更好按下車窗、伸個手、在太平洋的海風裡、為我們豎個大拇指按讚，謝謝你。

二〇一七年十二月十九日

走在太平洋的風裡

這一趟徒步，從花蓮玉里到台東知本，平均日行三十公里，費時三天。是這樣的，帶頭者網名那布郎、背負著「我支持校園犬計畫」布條環島徒步已七次，所以這第八次，我們尾隨既是插花，也是希望能壯其聲勢。

從來都只是客運車或火車行經這一邊是中央山脈一邊是海岸山脈的花東縱谷，一旦以步行，仍暗自再再感嘆，以這人類直立走在大地上百萬年的速度看世界，仍是最宜當的，可以感覺到那日頭一寸寸的在山頭在田間在人臉上的移動，叫做「光陰」。

才出玉里站，我們便依巨蟹男友人的叮嚀，進了第一家上書「玉里麵」的小店用餐，不忘邊吃邊拎拎對方的背包比輕重，我只帶了一把輕傘一雙襪一把牙刷一管氣管擴張劑，勝出，耶。

我們沿舊鐵道走，正午的太陽、清新的空氣，出發時有病沒病的人全部痊癒，這同時是一條通往富里的單車道，我們偶爾攔截成功呼嘯而過的騎士，請他們聆聽一二句我們的主張和信念，或搖一下我們的布條小旗合影打卡（多年來，我已不去評估這類別人必將稱為「蚍蜉撼大樹」的效益如何，因為評估了一定會掩面逃跑放棄如許多人）。

我們一行人，除了三十出頭康健的志工阿凱和小葛，其實都殘兵敗將之屬，那布郎有肌痛症，必須吃重劑量的止痛藥控制，妹妹天衣高血壓兼上路前夕重感冒，我是氣喘病患兼最年長，一路我們既又要暗中觀察彼此還行嗎，一面又不時誇讚對方好厲害啊真能走所以只好好厲害啊的繼續走下去。

一路南行，可以看出沿路的村鎮和路旁三五人家聚落都曾試圖加入觀光業，小自擺個攤賣自產自銷、無農藥基改的農產和加工品，大至廢棄的舊站活化為三五複合式商店，賣自種自焙的咖啡、原住民手工文創……，我們不敢讓行囊增重，忍著不買那些瓶瓶罐罐的異族風味，只得努力的喝咖啡吃當地水果。

日落時風起，邊喝滾燙新鮮煎焙的咖啡，邊面著那拔地而起的新褶曲山，心中再次慨歎日日生長在這大山大水裡的人，一定一定有不一樣的人格特質吧？上一次如此的感嘆，大概是在紐西蘭南島的皇后鎮時吧。

這一段的玉富公路，半天之內我們反覆遇見一騎單車但未值勤的便服年輕警察，他剛從台南調來，正自行想法摸清這廣袤的管區，他頻頻關心這一行行止詭異的老弱婦孺隊伍，我們反向向他大力推銷我們的訴求，並希望他能開始推動每個派出所認養一兩隻浪犬，如此一可使派出所顯得親民些，二可消化不少無配套的零安樂死政策而導致的全國收容所大爆滿的狗口。

這主張荒唐嗎？次日午後我們行經瑞豐派出所借洗手間，便見辦公室裡和後院各一隻體態健美的中型犬，所長向我們介紹白的叫「多多」黑的叫「鼓勵」，是台北的某動保志工從收容所領出寄養在這兒的，志工定期寄來口糧，並不時來探視，在瑞豐一帶工作了三十年的所長，偌大的辦公室只他一人鎮守，無疑的，兩隻狗兒們是他最好的夥伴。

我們摸黑入住訂好的民宿，沒盥洗就全都昏倒，此後兩天皆然，清晨五點日出前就摸黑出門，毫無機會看清我們住宿處的周遭長相。

次日，從富里走到初鹿，每人攜帶的計步工具不同，最寬鬆的告訴我們這天走了三十七公里。這一縱谷地帶是花東稻米的主要產區，冬日收割休耕的田裡亂長著油菜花，像是走在某部電影很美麗的場景裡。

但有不美好的嗎？

最害怕正中午時橫度一無遮蔭動輒兩三公里長的大橋，花東的幾條大河都從中央山脈急竄出，切下又寬又闊的溪谷，幸虧巨蟹男友人及時 Line 提醒我，冬季枯水期、東北季風常會颳捲出沙塵暴，我在驚嘆那奇景時不忘及時戴上口罩。

又且不常有人步行吧，聯結車砂石車都不察的轟轟然而過，每值無行人步道的長橋，總得要在大車風馳電掣擦身而過時，緊緊抓扶橋欄才不致被那帶起的強風給吸捲而去。

在關山，我們吃了此行最豪華的午餐，八十五元一個的關山便當、和純果汁製成的「春一枝」冰棒，此行，全然愛上連鎖便利商店小七和全家，一有廁所可上，二有熱咖啡、有補充熱量的飯糰和巧克力，所以完全把在台北時努力在小店而不在大企業集團的連鎖便利超商消費的習慣給拋個光，因為只要聽領隊阿凱宣布「下一個休息點是九公里後的小七」，我們直呼耶。

買咖啡時，總排在長長的在地居民寄取宅配的隊伍後面，所以對偏鄉該不該有連鎖超商「入侵」的爭議，我退卻了。

進入台東縣境，尤其卑南鄉，夾道至山腳下全是果園，釋迦、香蕉、鳳梨、火龍果、檸檬，我一直追問同行人這空氣香嗎？因為氣喘和過敏性鼻炎已失嗅十年的我，多想知道那空氣是什麼味道啊，應該可調製成一款獨一無二的香水吧，如愛馬仕的「尼羅河花園」、「空中花園」。

一路行來，不免觀察到諸多貓咪狗狗的狀態，原住民對友伴動物皆友善，但狗狗有人家的皆拴在門口當看門工具，有的人家會想辦法將拴繩放長，讓狗狗起碼可在院子裡活動自如，也有拴繩短到明顯難以坐下更遑論趴睡的狀態，如此小的方寸之地好幾坨狗屎、水盆翻覆、可歸入動保法中的不當飼養。對此，我感情很矛盾的，幾個月前，才和「動平會」推過反鍊養囚禁，但深怕真正執行開罰飼主的後果是，棄養。

只能心神灰灰的走過。但那一幅幅亮著眼睛對我們吠叫、鮮少真正凶狠、甚至只是討摸摸的神態，讓我難過極了。

第二夜在初鹿某小市街的民宿，黑夜之後行經的主街無人煙、荒村野地似的如同曾經愛遊蕩的那些年所經過的一些日本偏鄉小村，剩下的老人們早熄燈睡了，我們只得躡手躡腳走過，誤闖入別人的夢裡似的。

當夜起了大風，門窗響得再累也無眠，我是後來才知我無法入睡的這兩夜並非反常的認床，而是沿路胡亂摘吃了太多當路樹的咖啡果，那紅亮寶石一樣的果實好吸引人啊，我邊走邊採食，精神因此亢奮到像當初引起阿拉伯人注意的那吃了咖啡豆的羊群。

那場凍冷的大風裡，我們踏上一段奇怪全無路燈的路段，路樹遮天，連看夜空的星圖都不可能，飢寒交迫下，難免要思省起此趟徒步苦行的意義。才第二天，經驗豐富的帶頭者那布郎已腳底起水泡，因此我永遠想辦法走在她前頭，缺乏袍澤情誼的不敢看她全憑意志撐持的身影，同行其他人，鐵腿的鐵腿，疲憊的疲憊，再再的受著肉身的拉扯。

那肉身與意志的拉扯，何其真實，真實過第一天行經的秀姑巒溪大橋、橋上有碑為證「菲律賓板塊與歐亞板塊交界處」，向下俯望，只是枯水期平坦寬廣寧靜的灰黃色河床。

在這我好想退休、他人也希望你趕緊退休的年紀，我很高興，世上還有此可以日復一日打磨自己心智的事。

在行過那夜暗無路燈的路段，晨光從左手邊的山際明亮起，我們眼前是緩緩的下坡路，路兩旁是廣袤無止境的果園，清涼的晨風吹起，我擅自認為那是從太平洋吹來的風。

二〇一八年一月十六日

那城的老人

兩年多前，接此專欄的第一天，我就為自己自訂了潛主題「那貓那人那城」，相信將來出書的書名即此。

即便如此，我在每次下筆前，仍不時深深陷入在「該寫的」和「想寫的」兩難猶豫中。

這篇我要寫的是「該寫的」和「想寫的」，且是早該寫的和早想寫的。

老人問題有諸多面向可談，也可放在無論歷史的、生物學的、醫學的、社會學的……脈絡來談，實不勞我多言。

最難被洗腦的一代人

我想談談人云亦云、習焉不察的「洗腦」話題，我以為它是造成世代對立甚至無意願對話的鴻溝。

都說老人們是被洗腦的一代，近年，尤以越被激化的選舉動員時為烈，我不時在網路上看到年輕世代稱家中長輩為「被洗腦的」，討論著要在選舉當日如何安排他們離開投票地去遠遊、進香、健檢等等……，以防他們投下那與自己敵對、被指使、被洗腦的那一票票。

我恰恰以為此時此際的老人們，是最難被洗腦的一代人，怎麼說呢？

讓我簡單描述一下，他們生於戰爭中或後，對戰爭有記憶或常有耳聞，他們正逢國家因戰亂而帶來的貧窮，國家之於他們，既不神聖，也不偉大，比較像是個落魄陰鷙的窮親戚。他們目睹經歷過幾乎唯一的集權政黨（因當時還有二三個小政黨）幹過的好事（世稱的經濟奇蹟），和壞事（以戒嚴法阻擋壓抑民間力量對參政的要求，和更後來的與黑金結合、倒行逆施），他們也看過反對運動最好的時光（付出自身的自由、青春、甚至生命換取而來的民主啟蒙運動），也目睹他們掌權後的未能免於權力的誘惑的貪腐和反民主的集中權力作為……，任何政黨或想掌權的人再想以任何堂皇的口號主張來誆騙或「洗腦」他，並沒那麼容易。

不同的，動輒指謫他人被洗腦的世代，我一直好奇他們如何可以說到做到輕易超越藍綠，我以為，除了極少數（例如我的友人《痛苦編年》的作者王俊雄），大多是「不知藍綠」，不知藍曾經做過的好事和壞事，也同樣不知綠的過往（我記得太陽花還靜坐在青島東路街頭的後期，林義雄入場靜坐聲援，所有媒體鎂光燈堵麥之際，網上討論區有靜坐的學生立即開罵「是哪裡來的老頭這樣搶風頭割稻尾?!」）

對於虛空之物，要「超越」是半點不難，但那是毫無力道、價值的超越不是嗎？真正的超越是得立基在知識脈絡、自我反思辯證上的，那樣的「超越」才是別有洞見、於人於己有意義的。

缺了知識、價值、信念的「超越」之後，必將是一片空茫大地，此時若恰有富決心野心的欲攫取權力的人出現，將輕易被簡單的口號給帶著走，因為不具足的知識難以判別其人的口號或主張、真偽和可行性。

（應列為老人之屬的我，或許有人會說這些陳辭並沒有正當性，只是在自我辯護罷了。）

不知者不完全無罪

那就說說這城的老人常被指謫的另一個罪名「占盡資源」吧。這我倒是同意的，事實上，不止這城這島，二戰後的這地球的嬰兒潮之人，無論窮國富國，大半世紀來都毫無節制或缺乏「資源終將耗盡」的意識，擅用地球的資源，不知能源、森林、河流、空氣……是有用盡之日的，更不用說這過程中因為這些的被使用和減少甚至消失，帶給未來後代子孫多大的災難。

一代人的經濟美果是立基在如此的掠奪浩劫上，儘管很長一段時間，他們並不具備這後果和下場即將來臨的知識。

不知者不完全無罪，這理當是在我們的餘年，應該好好努力彌補的。

當然我知道一代老人們被指謫的「占盡資源」並非指我上述所說，而僅僅只是小鼻子小眼的在指謫社會上公私領域架構下，不肯退休、不肯讓位，或退休了讓位了領退休金的老人們（例如作為自由撰稿人的我，也曾被後輩指為占位子、把持等等，為此，我刻意十年來不在主流媒體投稿發表，只每隔三五年在尋常的台灣出版社出書，對一年要出上數百本的出版社，我應當也沒擋了其他誰的出版之路才是）。

我更想說，要指謫應該對準那些尸位素餐、無法把餅做大的統治者而非彼此，又或，其實我們應該認清並省思這地球打開始就從沒準備養那麼多的人類吧。

二〇一九年九月十日

歲末懷人 I

或該說，懷想那些不在的、早已遠去的。

是不得不叫人感懷的一年，年初，友人童子賢和他的目宿媒體公司遊說我們成功，我們接受了島嶼寫作系列的《文學朱家》的紀錄片拍攝。

年中開拍，侯導監製，林靜憶製片，姚宏易攝影。

我們照常作息，只加快速度並積極的整理離去二十年的父親和一七年春離開的母親的舊物。

十月下旬，劇組隨我們姊妹仨赴南京、蘇北宿遷和北京一趟。

南京是父親隨他六姊我們六姑離開老家之後的成長和赴台前之地，北京是出版社理想國首發父親的《鐵漿》、《旱魃》，因此我們得為已不在的作者受訪和參加「新書」發表活動，並為紀錄片訪談老友阿城、莫言和章詒和。

至於宿遷老家呢？我們所有的朱姓親族都在那裡，父親是家中么子，我們輩分也隨著水漲船高，得泰然自若接受家庭和事業都有成的後輩們開口閉口「俺姑」、「俺姑奶」，乃至喊我們「俺姑奶奶」的他們的可愛孩子，簡直不知該如何喊我們了。

堂哥們僅存二哥慶明，他年過八十，耳聰目明，背桿挺直，目光清澈，還有家傳的朱家好記憶力，一一為我們述說當年事，世故通透又正直，令我們看了頻頻私下相互安慰鼓勵：「如果老是這樣，我們也敢老。」

慶明哥見我們前剛住院一星期出來，是季節變化時的氣喘痼疾急發，我聽了不免暗驚，因行前我也曾深夜被急送醫，血氧掉至六十七，失去意識，急診醫護正準備插管時，我正巧醒來並回穩。

這我也才知道我爺爺當年是田裡淋了雨回家氣喘急發，待奶奶奔鎮上請了大夫來，他已倒床上走了。我二伯父亦氣喘走，加上慶明哥，這我才找到了我中年之後罹患氣喘的那組基因，原先一直以為，只有一臉雀斑和管不住的動不動臉紅是朱家的印記。

在宿遷的一星期，我們既悠閒又彷彿補做功課似的循父親幼時的足跡走，例如他自小隨爺爺做禮拜的小教堂並還參與了一場禮拜（上一次禮拜，應該是父親走的那年夏天，我和海盟在歐洲晃蕩一個月，曾在威尼斯的聖馬可教堂站著做了場禮拜），我們找尋父親幼時放羊玩耍的棉花田、也是父親返鄉探親後修葺祖墳之地，如今是宿遷的最熱鬧繁華的楚街……，便也有一日，宿遷市市政府的官員（之前曾特來台灣聯繫我們、表達想建父親紀念館一事），帶我們前往他們預定建紀念館的兩處地點由我們挑選，其中在老黃河畔的黃花槐片區，面河塘也似的黃河（乾涸時便引上游駱馬湖湖水以便保持其生態），其上浮著殘荷和比人高的蘆葦，夾岸是楊柳和北地常見高聳的白楊樹，河岸整頓過又不失野趣，十月下旬的陽光天氣，只覺很像父親哪部作品中的場景，我們姊妹仨人群中互望一眼點頭微笑，知道都喜歡這裡。

那真是好奇特的場景啊，遲來的二十年為父親挑選長眠之地似的，沒有悲傷，沒有不捨得，只有滿滿的快樂和安慰，如同幼時好天氣裡、風華正盛的父母帶我們出遊踏青。

是這樣的，父親過世後我們不捨得、因此違背他遺言交代的第一項、將他安葬於五指山軍人公墓（父親曾為他老友掃墓，慨歎生時有階級、死了亦依然有階級，將軍的墓寬闊、校級以下鴿子籠也似，所以，父親並不喜歡那裡，只想幫我們省花費吧），因此，我們將父親骨灰罈置於他和母親的床頭十九年，未設牌位、未插鮮花，甚至常有貓蹲臥其上我們也不驅趕，就如同父親天冷寫稿時，總有這隻那隻貓臥睡他腿上。

直到一七年春母親病逝，我們才將他們合葬於陽明山的花葬山坡，至今快兩年，我們只一共前往過兩次，都是陪沒見到母親最後一面的友人們。

每次去，也就帶上從家裡院子那兩株老桂花剪下的連枝帶葉……，因為，也不覺得他們在那裡。

因此我們誠實告知宿遷市政府主其事者，父親所有的相關文物手稿，早已全數捐給台南的國家文學館，眼下並沒有任何真實的原件文物可提供給日後的紀念館。

都說，再想想吧。

接下去的幾日，老小親族們都不約而同提到他們各自珍藏的那些信件，無論是堂哥或後輩。一九八八年解嚴通郵後，父親正第五度重新開筆他的最後長篇《華太平家傳》，他自小離家，為確認記憶中的細節，密切與務農的堂哥們求教田中事，如作物的時令、生養、收成……；有那成長中對外頭世界求知若渴的小輩，父親也一一細說並勸勉、鼓勵她們願意求學的他一定負責學費到底……

如此，加起來超過數十萬言的一封封家書，真十足是一則歷史長河一粟和家族史、生命史的縮影和呈現啊。這，將來會是紀念館的收藏和展出的主體嗎？

歲末，接獲彼岸北京《新京報》通知，父親的《旱魃》獲他們的年度十大好書，是不分項目中的唯一一本華文文學創作。

我想起莫言說過的「我慶幸現在才看到《旱魃》，否則我將失去寫作《紅高粱》的勇氣。」

十月杪，在那窗外是秋陽和金色銀杏的北師大裡的莫言工作室訪談中，莫言正經說了一番後，突然面色鬆下來，失笑對我和天文說：「咱們仨的小說寫得都不如朱西甯先生啊。」

於是我知道了，父親早不在床頭的骨灰罈裡、不在陽明山第一公墓的花葬山坡，也不會在宿遷的紀念館……，他早就、也一直在那兒——在他那一本本的小說中了。

二〇一九年一月七日

歲末懷人II

——葉力森

一年半前我接此專欄時，負責我的編輯文珮問我大約的專欄主題，我答「那貓那人那城」。

這一篇，我再加入一個元素，那時。

那應是四十多年前時，城南的辛亥隧道開通，我們搬離人、貓、狗已經住不下的內湖眷村，遷居到辛亥隧道南口山坡的普通二樓連棟的新家，看中的是後院門一打開就是荒山、尋常的一些相思林和雜樹林的台北盆地淺山區樣貌，對我們家近二十隻狗狗來說，卻是樂園一座，白天，牠們在山裡遊蕩，晚飯時我媽敲敲鍋，牠們立即返家，夜晚，天冷睡沙發、天熱便客廳倒睡一地。

當時的台北，浪犬遍地（也才會有我們家的始終十幾隻吧），不少城內人開車將老狗病狗或不再可愛像絨毛玩具的大狗……全都丟在隧道口外再揚長回城。

那被丟下的狗狗們，害怕又長又車聲迴盪似雷聲的隧道不敢逐風狂追，遂當場成了流浪喪家之犬。

喪家犬的樣態是非常叫人不忍的，牠不吃不喝、夾著尾、悲傷的眼眸、癡等在牠被棄處、凝神屏息聽與牠曾經主人的同款引擎聲……

於是我們家暴增到二十多隻狗狗。

吃喝不是問題，我媽總有辦法餵飽牠們，家裡始終有兩個十五人份的大同電鍋備著，一給人一給狗，有那月底沒飯錢的父親學生錯過用餐時間進門，我媽總問：「還有狗飯要不要吃？」實是一模一樣的米下鍋，只讓不知情的人聽了暗驚。

吃喝不是問題，但後山陸續被劃平開發後，空間大成問題。

便在那時，八〇年代初，有幾名台大獸醫系的學生尋上門來，表示他們能否寄養一隻因故半癱的德國狼犬在我們家，因牠主人打算放棄並安樂死，但正在實習並醫治牠的他們幾個不忍心放棄。

習慣幫忙學生的我父母親立即答應，只我冷冷的心底怪怨他們，難道沒見我們窄迫的家屋已擠爆二十多隻狗嗎？還來添亂！

德國狼犬靈性極高（我可以跳過三十多年後仍讓我眼熱的回憶嗎？），我很快明白他們為何不捨得放棄牠，便一起為牠取名「站站」，期待有一日牠能重新站起來。

我們為站站做了一個陽春擔架，每天像抬酋長似的抬進抬出讓牠曬太陽、讓牠看看其他狗狗們的奔逐追戲以激發牠求生意志。

學生們共三四人，果如他們一開始承諾的，天天來診治復健，其中始終表情酷酷不言笑的叫葉力森，其他幾人我其實也記得名字，只後來些年再沒見過。

如此大半年，他們說在院內找到了可讓站站住院的地方，便接站站回去。

站站回去後的某清晨，被發現曾掙扎起身倒臥在幾步路遠的水溝，口鼻在溝水中窒息而去。

但我們的情誼並沒因站站的離去戛然而止。

那時的台大動物醫院，仍在舟山路，在舟山路少有車行的年代，我媽每每帶這隻那隻狗去看病，而回程等上半天等不到半輛計程車時，總有葉力森隔窗見了趁個看診的空檔、匆匆開車前來送人狗回家；施打疫苗或植晶片時，葉力森知道對家裡十多隻狗的我們是件大工程，便隻身前來一次搞定。

乃至有一隻橘紅毛的流浪母狗流浪到我們山坡，我媽穩定餵食牠打算熟了可送去醫治並絕育，牠有非常嚴重的菜花性病，可能因此人見人趕人打，牠近乎精神失常的日夜狂吠無法安定下來接受人的照料，牠追逐每一個路人和車，連累了周遭馴良的其他浪犬。

我媽在鄰人頻頻投訴清潔隊來捕捉之際，與葉力森嚴肅討論並現場評估牠身心的病況後，決定結束牠的病痛折磨。

次日，葉力森帶了麻醉吹箭來，一上午耐心徘徊周旋於不近人的紅毛，任務達成。

期間，葉力森和妻子瑪琍曾赴加州大學訪問學者和做研究，歸國前，我父親曾接到他來信，說他研究告一階段，曾考慮繼續留下研究甚至定居執業，但只要一想起自己的國家的動物處境仍如此糟糕，便仍選擇返國。

回台後的葉力森，立即投入教學、行醫和動物福利的教育宣導至今。

儘管他如此忙碌，並沒少幫我們，我媽總在最感困難無解時尋他幫忙。世紀初，家後的山坡正式蓋滿十五層的社區大樓，建築工人們離開後便將幫他們守工地、吃便當廚餘的狗狗丟下，家中霎時又超過二十隻流浪狗。一日，家門口有人放了一紙箱可愛極了的黑白小狗，我們無力再收，便向瑪琍求援。

瑪琍立即來接手，也同時說明清楚，她會把牠們帶在身邊，若半年期限到了沒認養出去，會讓牠們「長眠」，但務必會讓牠們在世的每一天一定是快樂無慮的。

我沒有再問過那四隻小狗的下落，但瑪琍那堅定理性清明但溫暖地母的神態和言說，讓我記憶深刻極了。

力森和瑪琍見我們屋內屋外貓狗愈顧愈多，也幫忙我們介紹並調理了所需的動物醫院，例如第一線野戰醫院也似的家醫、對在照護收容流浪動物者收費低廉、省時省錢；重大疾病傷殘則送到某某醫院……

〇七年，力森接任台大臨床動物醫學研究所的首任所長。

一三年夏，我們家最後一隻老狗在歷經兩次切除口腔腫瘤後又復發嚴重時，力森接受我媽的求援，我記得，他穿著白袍、匆匆趁手術空檔搭計程車前來、幫忙做了安樂。力森臨上車前，第一次洩露感情的說：「啊，從此朱媽媽家沒有狗狗了。」

我需要談他在公共領域的更多更大的持續貢獻嗎？他的不放過大小事的為動物發聲並對學生和社會的教育宣導……

儘管我與他對流浪動物的觀點和實踐不盡相同，但總遠遠的看著他的從沒鬆手過對動物的關注和實踐。

前年春我媽病逝，我們趕她最愛的弟弟、我們的小舅劉家正神父得回澳門前，匆匆在她做禮拜從不缺席的教堂辦了告別式。並沒通知任何人的，我在教堂的長列致意人群中見到他和瑪琍，多年不見的我們都已灰白了頭，但擁抱的當下，是當年那少年友人啊。

日前，力森來訪，贈以重物，我們終於可以在冬陽的午後悠閒聊聊各自除動保之外的其他興趣和關切之物事，那，才是完整的我們不是？

執子之手，與子偕老，死生契闊，與子成說……，真心以為《詩經》的這句子不是描述愛情，而說的是戰友、是袍澤。

二〇一九年二月十二日

那貓總在燈下等待。

INK PUBLISHING
文學叢書 619

那貓那人那城

作　者　朱天心
攝　影　KT
總 編 輯　初安民
責任編輯　陳健瑜
美術編輯　林麗華
校　對　吳美滿　陳健瑜　朱天心

發 行 人　張書銘
出　版　INK 印刻文學生活雜誌出版股份有限公司
新北市中和區建一路 249 號 8 樓
電話：02-22281626
傳真：02-22281598
e-mail：ink.book@msa.hinet.net
網　址　舒讀網 http：//www.sudu.cc

法律顧問　巨鼎博達法律事務所
施竣中律師
總 代 理　成陽出版股份有限公司
電話：03-3589000（代表號）
傳真：03-3556521
郵政劃撥　19785090 印刻文學生活雜誌出版股份有限公司
印　刷　海王印刷事業股份有限公司

港澳總經銷　泛華發行代理有限公司
地　址　香港新界將軍澳工業邨駿昌街 7 號 2 樓
電　話　(852) 2798 2220
傳　真　(852) 3181 3973
網　址　www.gccd.com.hk

出版日期　2020 年 2 月　初版
ISBN　978-986-387-331-0

定　價　380 元

國家圖書館出版品預行編目資料

那貓那人那城 / 朱天心 著；
--初版, --新北市中和區：INK印刻文學，
2020.02　面；14.8 × 21公分.（文學叢書；619）
ISBN 978-986-387-331-0（平裝）

863.55　　108023204